KB141247

가난한 햇살은 우리를 날게 한다

가난한 햇살은
우리를 날게 한다

초판1쇄 발행 2022년 7월 11일

지 은 이 윤미순
펴 낸 이 이길안
펴 낸 곳 세종출판사

주소 부산광역시 중구 흑교로 71번길 12 (보수동2가)
전화 051-463-5898, 253-2213~5
팩스 051-248-4880
전자우편 sjpl5898@daum.net
출판등록 제02-01-96

ISBN 979-11-5979-522-0 03810

값 13,000원

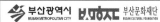

부산광역시 BUSAN METROPOLITAN CITY ㅂㅅㅎㅈㄷ BUSAN CULTURAL FOUNDATION 부산문화재단
본 도서는 2022년 부산광역시, 부산문화재단 부산문화예술지원사업으로
지원을 받았습니다.

* 잘못된 책은 교환해 드립니다.

가난한 햇살은
우리를 날게 한다

윤미순 수필집

세종출판사

prologue

커피의 진한 향기 속에 녹아든

인생의 침묵들과

참다운 사랑을 갈구하는 사람들

그리고 문학을 사랑하는 모든 이들에게

이 책을 함께 합니다.

2022년 여름 윤미순

차례

Contents 1
아포리즘

Contents 2
가난한 햇살은

Contents 3
독

Contents 4
숨 쉬는

휘어져야 강해지는 딜레마.

선이 위험의 유혹에 부딪히지 않는다면 선이라 할 수 없다.

유혹을 넘어 절망의 그네를 타는 아름다움을 그대는 아는가.

무릇 인생이란 휘어져야 제 맛이다.

Contents 1

아포리즘

휘어짐에 대하여

모처럼 오페라곡을 감상할 기회가 주어졌다. 성악가들이 혼신을 다해 열창한다. 엔딩곡으로 모차르트의 마술피리 중 '밤의 여왕'을 부르고 있다. 끊어질 듯 질식할 듯 길게 이어지는 고음에 숨이 막힌다. 밤의 여왕이 딸에게 사제를 유혹하여 죽이라는 교사를 하는 클라이맥스. 교묘한 악惡이 화려함과 아름다움을 미끄러지듯 타고 넘자 선善이 휘영청 출렁거린다. 거미줄에 걸린 곤충의 몸부림처럼. 선善이 휘어져야 악惡의 경계가 드러나기 마련이다. 휘어져야 강해지는 딜레마. 선善이 위험의 유혹에 부딪히지 않는다면 선善이라 할 수 없다. 유혹을 넘어 절망의 그네를 타는 아름다움을 그대는 아는가. 무릇 인생이란 휘어져야 제 맛이다. 폭풍에 곧고 강한 나무는 꺾이고, 휘어지고 유연한 나무는 쓰러지지 않는다. 정의와 의리 앞에 초연한 사람은 외롭고, 줄타기를 잘하며 비위를 잘 맞추는 사람이 있어 인생은 드라마를 탄생시킨다. 하여 선善은 언제나 추앙받을 수밖에 없다. 구부러진 할미꽃, 고택의 비스듬히 흐르는 기와, 그림자 내려앉는 오름, 바다도 휘어진 해안선으로 오르려 밤새 물결로 선다. 까만 밤을 딛고 그 무엇을 지키느라 가로등도 저렇게 휘어졌는가.

고구마를 캐며

뽀드득 닦긴 하늘의 창, 높이 나는 새들을 본다. 들판을 가로지르는 전기줄에 홀로 앉은 새 한 마리. 무더운 여름보다 헐빈한 산이 낮게 흐른다. 뒹구는 낙엽들. 낙엽들 위 까치발로 선 나무들. 모세혈관처럼 가늘게 이어지는 실개천마저 핼쑥한 얼굴이다. 점묘법으로 그려진 빈 들판은 넉넉해서 좋아라. 산모퉁이를 휘감은 바람에 밭 구석으로 옹기종기 모여 널브러진 쓰레기들. 싸늘한 바람에 까만 비닐봉투 나

부끼며 부양하려 몸부림치는 가을이 모였다. 일찍 비껴 휘어져가는 해거름녘이 다가오고 어느새 조용한 굴뚝에 연기가 피어오른다. 한참 전부터 나뭇가지 위에 앉은 새는 오롯이 먼 산만 바라본다. 노을이 보랏빛으로 바뀌어 가는데 아직 캐지 못한 고구마가 한 줄로 길게 뻗어 있다. 오늘 모두 캐야 하는데 아슴한 산이, 휘어진 바람이, 이제 막 넘어가는 노을의 그림자가 넋을 놓게 한다. 땅 속에서 튼실하게 자란 고구마를 키워낸 너희들이 세상의 주인공이다. 고구마에 상처를 내지 않기 위해 조심조심 호미질 한다.

봄에 고구마순을 심던 때가 생각난다. 튼실한 고구마를 수확하기 위해서는 퇴비를 많이 주면 안 된다고 한다. 잎과 줄기만 무성해질 까봐서이다. 밭에서 뜨거운 여름을 좋아하는 것은 고구마와 풀과 벼라고 한다. 벼는 익느라 그렇고 풀은 키가 쑥쑥 크느라 정신을 못 차린다. 반면 고구마는 땅 속에서 몸집을 불리느라 흙 속이 한증막 같아야 하는가 보다. 고구마가 거의 다 자랄 때쯤이면 차가워진 공기에 풀은 거세어지고 벼는 고개를 숙인다. 세상은 누렇게 변해가고 하늘은 넓어지는데 땅 속에서 고개를 내민 고구마가 붉게 웃는다. 무릇 세상에 없는 듯 어둠 속에서 알차게 자란 영근 고구마가 부러워졌다. 늦은 수확에 단단해진 고구마가 땅 위로 얼굴을 내밀며 살 것 같다는 표정이다. 가을이 익는다.

주산지에서

고요한 돌팔매질. 물 위를 달려가는 돌을 저항
없이 집어삼킨다. 수면 아래 숨 쉬고 있는 모든 것들을 지켜
야 하는 엄숙함이다. 물밑 그 작은 것들을 살게 하기 위해 적
당히 빛을 받아들이고 나머지는 반사시키며 돌려보낸다. 맑
은 물로 흐르기 위해 끊임없이 자신을 정화시키려 애쓰는 묵
언수행이랄까. 유유히 흐르는 구름, 하늘, 산이 물 위에서도
흐른다. 날아가는 새 한 마리 물 안에서도 날고 있다. 씨앗 하

나에 온 우주가 담겨 있듯, 깊은 수행으로 보이지 않는 것조차 꿰뚫어 보는 듯하다.

　몇 해 전 그런 사람을 만났었다. 한마디 말에도 다 이해한 것처럼 고개를 끄덕이는 사람. 어떤 표현으로 가슴 속 이야기를 잘 전달할 수 있을까 잠시 망설이다 바라본 눈빛. 그 잠깐의 생각조차 알 수 있을 것 같다는 감정이 묻어나는 그런 사람을 보았다. 그 따뜻했던 눈빛이 수면 위에 은빛으로 흐르고 있다. 수면 위의 화려함 안에 감추인 너의 내공에 고개를 숙인다. 수면 위의 은은한 아름다움이 한순간에 형성된 것이더냐. 천형과도 같은 어둠을 극복하는 기도의 간절함이 주는 침묵. 태고적 고요가 눈뜬다.

안개꽃

한 더미 총총 부대껴야, 밤하늘 은하수 흐르는
듯, 호수에 물안개 피어나듯, 무리지어 어울려 고사리 손을
맞잡아요. 나는 하얀 솜뭉치. 내 얼굴은 작아요. 내 몸은 연약
해요. 친구들과 어울려 바싹 붙어 바람을 막아야 해요. 생글
거리며 늘 미소 짓는 작은 얼굴로 걱정 근심 없는 것처럼 보
이죠. 우리들에게도 천적이 있어요. 바로 달팽이에요. 약한
것들은 약한 것들끼리 싸우기 마련이지요. 우리가 보기엔 인

간도 약해 보여요. 그런데 인간은 인간끼리 죽도록 싸워요. 인간의 천적은 인간이에요. 인간은 강해서 그런가요. 약해서 그런가요. 안개꽃은 말하죠. 우리의 세상사는 법은 어렵지 않아요. 가까운 얼굴로 마주서서 일렁이다 비로소 나다움으로 깨어나는 건 어떤가 라고요. 대지를 녹이는 비가 되기 위한 안개들의 사랑법을 터득한 거랍니다.

○동그라미

어느 쪽으로 걸어도 같은 길이다. 방향도 거리도 같다. 똑같다는 건 나아갈 수 없는 것과 같다. 모서리를 찾고 싶다. 외진 곳에 홀로 앉아 숨기도 하고 때론 게으름을 피우고도 싶다. 각이 지고 굴곡이 있다는 건 타박타박 걸어와 언덕에 서 볼 수 있는 길을 만날 수 있다는 것이다. 가끔 짧고 긴 길을 가다가 후미진 곳에서 너를 만났을 때 찾아온 포근한 눈물. 그 뭉클함으로 세상은 얼마나 아름답던가. 각이 진 길에서 너를 찾아가는 걸음은 꿈꿀 수 있는 여정이다. 동그라미 한쪽 끝을 길게 잡아당긴다.

△

돛, 표지판, 조각케익, 삼각김밥, 고깔모자, 트라이앵글……
한 꼭지는 우두머리
다른 두 꼭지는 납작 엎드려 있다.
두 꼭지가 위로 가니
그만 기우뚱거리다 뒤집어 버렸다.
한 꼭지와 맞짱 뜨는
두 꼭지의 반란.
허나 그 어느 곳보다
△의 세계는 규칙과 법규의 세상
가장 어려운 면적의 공식
팽팽히 잡아당긴 고공 줄타기

가장 인기 있는 베스트셀러.

살아있는 나무에도 썩은 가지는 있다

벚나무에 썩은 가지 하나 뻗어있다. 새까만 가지 위에 작은 새 한 마리 살짝 앉으려다 갑자기 날아 파릇한 가지 위로 오른다. 본능적 위험 감지가 느껴진다. 문득 책에서 읽었던 원숭이에 대한 이야기가 떠올랐다.

원숭이를 연구하는 학자들이 원숭이들을 쫓아다니며 연구하다보면 원숭이도 나뭇가지에서 떨어지는 모습을 볼 때가 있다고 한다. 적대 관계인 원숭이끼리 만났을 때, 너무 빨리 피하려다 나뭇가지를 헛짚었거나, 썩은 나뭇가지를 짚다가 그것이 부러졌을 때 등등. 이렇듯 원숭이도 떨어져 상처를 입기도 하고 때로는 심하게 다쳐 생명이 위독해지는 경우가 있다고 한다. 나뭇가지를 헛짚었거나 썩은 나뭇가지를 잘못 짚는 일이 자신의 잘못일까. 어느 날 다가오는 일들이 허둥거리게 만들고 휘청거리게 만들고 휘어지게 만들었음이라.

그대여, 헛짚었거나 잘못 짚었다고 나무라지 말라. 둥치는 뿌리에서 시작하고 뿌리는 둥치가 자라는 만큼 땅속으로 발을 뻗는다고 한다. 하나의 생명이 생을 이어가기 위해 혼신을 다하는 여정, 가끔은 썩은 가지를 쳐내는 것조차 사랑 없이는 불가능하다. 썩은 가지를 짚고 죽어가는 모든 것조차 세상은 품어 안지 않는가. 썩은 나뭇가지도 한 둥치에서 자라난 것이다.

복수초

샛노란, 크레파스를 녹여 보도블록을 걷다보면 넘으면 안 될 선이 있다. 침범을 허락하지 않는. 황금 역시 함부로 가질 수 없고 오래 사는 것 역시 아무나 누릴 수 없는 것. 화려한 꽃말을 뒤로 한 채 홀로 경계를 허무는 이. 흰 눈속 단정하게 앉아 있는 복수초. 언 땅을 뚫고 꽃이 피었다.

외길로 이어진 숲속을 걸어가는 수도자의 옷자락에 맴도는 행복한 고독과도 같은, 때를 앞서 걷는 이의 비장함이 이런 것일까. 내전이 한창인 미얀마에서 수도원을 건립하며 평화를 염원하는 시민들을 위한 기도와 행보를 하고 계신 신부님의 소식이 들려왔다. 외길로 이어진 숲속을 걸어가는 옷자락에 맴도는 고독, 대접받을 수 있는 자리를 던지고 떠나시던 굳은 눈썹. 가난보다 더 견딜 수 없는 자유를 속박하는 분노. 노란 경계선의 위엄은 한마디 말보다 더 강하다. 그 경계를 무너뜨리는 차가운 땅 위, 그 언저리에도 꽃은 핀다.

'잠깐'이라는 시간

축제다. 산야에 꽃봉오리 부풀어 오른다. 드디어 간절함으로 불꽃이 터진다. 하늘 향해 봉긋봉긋 내밀어 보는 염원. 그 염원 여물 때까지 바람으로 흐르고, 비로 눈 뜨는 긴 기다림의 시간이 지났다. 시릴 만큼 푸르른 저 하늘의 값있는 노동의 끝.

비로소 만나는 네 영혼의 앵두 같은 미소. 꽃봉오리 터지고 형형색색으로 온 누리가 빛난다. 아름다운 꽃들을 바라보며 찬사를 보내지만 뒤돌아서면 어느덧 녹색 이파리들로 가득찬 세상이 된다. 다시 만나려면 일 년이라는 시간이 지나야 하지만 세상엔 다른 볼 것들로 가득 차 값진 시간에 머무르려 하지 않는다. 사람의 일생을 돌이켜 보건대 뛸 듯이 기쁘고 화려했던 순간은 찰나이다. 생의 대부분은 같은 날의 연속이요, 어려움과 질곡의 시간은 생각보다 길게 이어질 때가 많다. 진정한 위대함의 비밀은 '잠깐'이란 시간 속에 망각으로 사라진다. 그렇게 우리의 기억은 늘 짧아서 신은 우리에게 반복이라는 시간을 허락하셨나 보다.

소리 없는 기쁨

　　새벽에 일어나 화장을 하고 광안리 바다로 나간
다. 광안리 바다 근처에 있는 초등학교 교장으로 있는 친구와
만나기 위해서이다. 오래된 인연의 친구이지만 일 년에 한번
만나기 쉽지 않을 만큼 둘 다 너무 바쁘다. 보고는 싶은데 만
나는 일정 조율이 어려워 만남을 새벽으로 정했다. 새벽에 밥
을 같이 먹고 바다를 보며 차를 마시고 그간의 이야기를 풀어
놓다가 정오가 되기 전에 헤어져 각자의 일정으로 돌아가기

로 한 것이다.

그 친구와 나는 삶의 리듬이 어찌나 같은지 내가 고난의 시기에 들어서면 그 역시 고난의 시기를 보내고 있곤 했다. 일부러 짜 맞추려고 해도 그럴 수 없을 만큼 서로 신기해 했다. 오늘도 그랬다. 하지만 언제나 우리는 그 자리에 있었다.

오늘 일정을 마감한 후 저녁 시간에 조용히 친구와의 만남을 정리해 본다.

새벽에 일어나 화장을 한다.
기쁜 나의 얼굴이 거울에 환히 드러난다.
잔잔한 일들의 아름다움

너, 사람이기 때문이다.

또한 내 생명의 날 하나가
줄어들었음에 감사한다.
오늘,
부여받은 또 하루의 음을 파도소리로 듣는다.

결코 맞닿아질 수 없는 바다와 하늘이 꼭 닮았다.

서로 바라보는 시선이 푸르게 곱다.

저들의 깊이와 넓이를 헤아릴 수 없음에도

하늘은 번개와 천둥으로

바다는 울렁이는 파도로 화답한다.

저들이 만들어내는 우주의 음률에 나의 영혼은

오늘도 길을 떠나고

둥둥둥 북소리로 가슴을 열며

결코 쉽지 않은 시간에 다가선다.

바다 속에 하늘이 잠겨 있고

하늘 안에 온통 바다가 물들어 있는 것처럼

우리 그렇게 한 세상을 살자.

그래도 하늘은 하늘이고 바다는 바다라는 걸

모르는 이 없지 않은가.

너와 내가

너와 우리가

생명의 날줄 하나씩 사라지더라도

그 얼마나 기쁜 일인가.

만남은 언제나 소리 없는 기쁨이어야 한다.

서로 '잘 살고 있었니' 라는 다정한 물음을 건네는 것이 가당치 않은 한 줄의 시보다 낫다. 그걸 아는 우리는 새벽 바다를 마주하고 한껏 미소를 짓는다.

도깨비바늘

뭉치면 살고 흩어지면 죽는다는 세상이, 하루 아침에 뭉치면 죽고 흩어지면 산다는 세상으로 판을 엎어 버린 지 이년이 넘었다. 숨어서 먹고 숨어서 마시고 숨어서 수다 떨다 숨어서 웃었다. 마스크를 뚫고 코로나 바이러스가 가시처럼 박히려 한다. 문득 릴케의 손톱 밑을 뚫고 들어간 가시가 생각난다. 정작 가시는 무서운 것은 아니나 염증을 이겨 내지 못하는 몸뚱이라는 것이 인간의 한계임을 깨닫게 한다.

무료한 시간을 운동으로 메꾸려 뒷산에 올랐다. 평소 걷는 것이 싫어 잠시 걸었을 뿐인데 집으로 돌아오니 바지에 온통 도깨비가시가 촘촘히 박혀 있다. 어디인 줄 알고 따라왔냐고 가시 하나씩 떼며 물었다. 살짝 곁을 스치기만 해도 파리 꾀듯 옷 속으로 파고드는 가시. 가시에 찔리면 아프다. 덧나면 곪는다.

어느 날 세상을 파고 든 불청객 가시가 사람들을 쑤셔댄다. 덕분에 예쁘게 올라간 입꼬리들은 마스크에 가려볼 수 없다. 오늘도 나는 번득이는 눈들로 가득 찬 길을 걸어갈 것이다. 강렬한 햇빛이 내리쬐는 대낮에 껌벅이는 눈들만 가득하니 세상은 밤이다.

내 앞에 헝클어진 실타래처럼 엉킨 머리를 한 여인이 걷고 있다. 나를 알아보지 못하는 세상에 굳이 윤기 나는 머리를 가꿀 이유가 없었나 생각하다 속으로 웃는다. 생각해 본다. 훤한 대낮에 그동안 참 치장도 많이 했었구나. 타인의 눈을 매일 따라 다녔구나 생각하다 아이러니하게도 그 따끔거리던 세상이 새삼 그리워졌다. 오늘도 때를 기다렸다는 듯이 달라붙는 가시가 하루 종일 세상을 따라다닐 것이다. 초가을 바람이 초겨울 들판이다.

파라다이스를 지키고 있는 아름다운 생명나무를 바라본다

파라다이스엔 생명나무가 있었고

온갖 선과 진리의 근원이 있음을 잊지 않았기에

아담과 이브는 언젠가 다시 돌아갈 이유가 거기에 있지 않았을까.

샤갈의 파라다이스!

Contents 2

가난한 햇살은

가난한 햇살은 우리를 날게 한다

센텀 HOME-PLUS 돌출간판에 새들이 앉아 있다. 알파벳 이곳저곳에 한 마리씩 앉아 서로 다른 곳을 응시하고 있다. 대충 삼십 마리 이상 되어 보인다. 겨울의 햇살이 마른기침처럼 건조하다. 그들의 레이더망엔 먹이가 있는 곳이 걸려들까. 주변을 한 바퀴 둘러보았다. 바로 앞쪽은 빌딩숲이고 장산 쪽으로는 숲이다. 수영강변으로 고가다리가 수영강을 따라 흐른다. 숲보다 도시를 선택한 새들은 전선줄을 따라 변압기 위에도 집을 짓고 고가다리 밑에도 집을 지었다. 변압기 위에 집을 지을 때는 나뭇가지뿐만 아니라 철사줄, 비닐끈 등도 사용한다. 고가다리 밑은 얼마나 시끄러울까. 자동차들이 내는 웅- 소리의 진동으로 피곤이 더하겠다.

고향을 떠난 것들은 모두 애처롭다. 오래전 내가 서울에서 대학을 다닐 때다. 서울역 광장에서 분홍색 스웨터에 초록 골덴바지를 입고 창백한 보따리를 안고 서 있는 소녀를 보았다. 초겨울의 냉한 바람이 광장을 휘저었다. 가슴에 꼭 껴안은 보따리는 유일한 소녀의 날개였으리라. 아득한 눈을 들어 사방을 둘러보던 소녀는 생명줄을 도시에 걸고 날개를 폈을 것이다.

나 역시 결혼하자마자 부산으로 내려왔다. 벌써 삼십여 년 전이다. 광안리 바다 가까운 곳에 둥지를 틀었다. 처음 부산에 왔을 때는 버스에 타면 연세든 아주머니들은 싸우는 사람들이 너무 많아 여기 사람들은 싸움을 바깥에 나와서도 늘 저렇게 하는구나 싶었다. 그런데 가만히 보면 언성을 높이다가 갑자기 화통하게 웃는 것이다. 나중에 느낀 거지만 사투리의 억양과 큰 목소리 때문에 무슨 소리를 하는지 몰라서 생긴 일이었다. 한번은 자갈치 시장으로 생선을 사러 나갔다가 자판에서 생선을 샀는데 그냥 비닐에 넣어 주기에 생선 장만을 하여 달라고 이야기 하였다. 그때만 해도 생선을 사면 시장에서는 장만을 해주지 않던 때였다. 그것도 모르고 생선 아주머니에게 생선의 내장을 빼달라고 상냥하게 웃으며 몇 번이고 말을 했다. 그럴 때마다 생선 아주머니는 뭐라고 말씀을 하셨는데 나는 못 알아듣고 재차 반복한 것이다. 지나가던 어떤 아주머니가 그 광경을 보고는 내 팔을 잡아끌더니 통역을 해주며 지금 내게 욕을 하고 있는 것이니 그냥 가지고 가라는 것이었다. 그 해석된 욕을 듣고 너무 무서워서 냉큼 비닐을 집어 들고 도망치듯 시장을 나왔던 일을 생각하면 지금도 웃음이 난다.

아파트에서 살던 이웃 아주머니들을 엘리베이터에서 만나면 친근하게 다가가려고 어디 가시느냐고 물었다. 그런데 한번씩 쌀을 팔러 간다는 말을 자주 들었다. 내가 생각하기에 도시에서 살지만 시골에서 농사를 짓는 분들이 많은가 보다 생각했다. 하여 그 아주머니들에게 쌀값을 물어서 마트보다 쌀값이 저렴하면 아주머니들에게 사야겠다고 벼르게 되었다.

며칠 되지 않아 쌀을 팔러 간다던 아주머니와 마주치게 되어 10킬로에 쌀값은 얼마냐고 물었다. 아주머니는 마트에 가면 다 쓰여 있는데 그걸 내게 왜 묻느냐면서 이상한 듯이 쳐다보았다. 나는 지난번 쌀 팔러 가신다고 하시기에 농사지은 쌀을 팔러 가시는 것이 아니냐고 했더니 박장대소를 했다. 여기서는 쌀을 사러갈 때 팔러 간다고 하기도 한다는 것이다. 그야말로 황당하기 그지없었으나 웃지 않을 수 없었다. 몇 년 동안은 어디에 가서 질문을 하고 답을 들을 때면 다시 말씀해 달라는 말을 반복할 때가 많았다. 낯설고 어색해서 다가가지 못했던 알싸한 시간을 건너야 했던 것이다. 지금이야 모든 소리가 다 들리지만 낯선 곳은 소리, 빛, 환경적 사고를 바꿔야 하는 불편을 체득해야 하는 것이다. 이제는 어쩌다 서울에 갈 일이 있어 올라가면 낯설 때가 많으니 부산이 고향이라 해도 조금도 어색하지 않게 되었다.

새들은 도심의 가로수 밑 잔디밭에서 열심히 잔디를 뒤적이며 무언가를 쪼아대고 있다. 추운 겨울이라 누렇게 잔디가 떠 있는데 무얼 먹을 게 있을까 안쓰럽다. 방한복을 머리까지 두른 외국인들이 지나간다. 서울 등 대도시뿐만 아니라 소도

시 공단에 가면 외국인들이 많이 살고 있다. 그들도 고향을 떠나 사는 사람들이다. 우리나라가 좋아 사는 사람들도 있을 것이고 살기 위하여 고향을 떠나온 사람들도 많을 것이다.

살기 위해 고향을 떠나는 것들은 사람뿐만이 아니다.

나비 중에 제왕나비는 미국과 멕시코를 왔다 갔다 하며 산다. 멕시코에는 해마다 제왕나비들이 집결하여 겨울을 나는 높은 산이 있다고 한다. 미국에서 날아온 제왕나비의 어미세대는 그곳에서 죽고 알에서 새로 깨어난 나비들이 다시 미국으로 돌아오는데 아무 경험이 없는데도 새로운 길을 찾아 어미가 살았던 곳으로 돌아온다. 제왕나비들이 이동하는 거리는 어림잡아 2,500킬로미터 가량 된다고 한다. 어마어마한 거리를 이동하는데 어떻게 알고 찾아가는 것인지 신비롭기 그지없다. 하지만 생존을 위하여 진화된 그들만의 방법이 있지 않을까 짐작해 본다. 우리가 아는 새 중에 가장 작은 새인 벌새가 있다. 벌새도 철새다. 10원짜리 동전 무게 밖에 되지 않는 이 작은 새가 미국 서부 캘리포니아 연안을 따라서 철따라 이동하는데 850킬로미터를 날아간다고 한다. 체구가 작아 중간중간에 수시로 내려앉아 꿀을 채취해 먹어야 하는데 꿀을

빨 수 있는 꽃들이 정해져 있다. 그 꽃이 없다면 벌새들은 죽기도 한다. 죽음을 불사하고 날아오르기에 그들은 살아있다.

우리는 모두 고향을 등지고 그리움을 먹는다. 더 높이 더 멀리 날기 위해 끌어올린 보따리의 꿈은 숭고하고 극진하다.

구구구구- 강물 위로 흐르는 고가다리와 변압기 위에서 목구멍으로 넘어가는 긴 그림자를 본다. 생명줄을 도시에 걸고 그들은 구겨진 겨울을 날아가고 있다.

겨울의 가난한 햇살이 공평하게 내려앉는다.

파라다이스

가끔 기분이 아주 좋아졌으면 하고 생각할 때가 있다. 그럴 때 샤갈의 그림을 보며 색감을 즐긴다. 그 중 '파라다이스에서 쫓겨나는 아담과 이브'의 그림은 언제나 지겹지 않다. 샤갈이 표현한 파라다이스는 무미건조하지만 늘 매력적이다.

물가엔 오색찬란한 생명나무가 빛을 발하며 서 있다. 모든 지식의 나무이기도 한 생명나무의 머리에는 둥그런 흰 빛을 발광하고 있다. 물속엔 물고기가 유영을 하고 푸른 숲엔 순한 동물들이 보인다. 푸르름으로 가득 찬 파라다이스엔 우람한 동물들은 보이지 않는다. 하늘의 천사가 막대를 왼 손에 감고 아담과 이브를 향해 손을 뻗고 있다.

새들은 날고 있으나 아담과 이브의 반대편을 향해 있다. 새 뿐만 아니라 말, 물고기 등 모두가 아담과 이브를 바라보지 않는다.

수탉이 아담과 이브를 파라다이스 밖으로 서서히 몰아내고 있다. 두 사람의 표정은 수심에 잠겨 있는 듯하나 모든 것을 운명에 맡긴 듯 무표정한 태도이다. 허나 두 사람은 꼭 붙어 밀려나가고 있다. 비록 죄는 지었지만 두 사람은 서로 의지하며 꼭 붙어 있는데 두려워하는 표정은 아니다.

그런데 그림의 어디를 살펴보아도 아담과 이브를 유혹하여 선악과를 따먹게 만든 뱀이 보이지 않는다. 샤갈의 파라다이스에 뱀은 이미 없다. 조금 있으면 아담과 이브마저 보이지 않게 될 것이다. 유혹 없이 싱싱하기만 한 세상을 샤갈은 염원했던 것일까.

언제 보아도 뱀이 없는 파라다이스는 따분하게 느껴진다.

아주 부유한 친구를 만나면 가진 것에 대한 상대적인 빈곤을 느낄 때가 있다. 자본주의 세상에서 가진 것이 많다는 것은 많은 것을 누릴 수 있는 기회가 많다는 것이기 때문이다. 그래서 많이 가지지 못한 나는 누릴 수 있는 가능한 것들을 놓고 최대한 즐겁고 유쾌한 선택을 하기 위해 고심한다. 그래도 안될 때는 서슴없이 놓아버리는 아쉬움을 나만의 지혜로 치부하기도 한다. 살아가며 때론 힘든 일에 부닥치게 되면 여러 사람의 조언을 거울삼아 하나씩 헤쳐 갈 때마다 이것이 삶의 묘미라며 스스로를 위로하기도 한다. 한치 앞이 보이지 않는 검은 강물 앞에서 절망하지 않는 사람이 어디 있으랴.

그래서 나는 샤갈의 그림 속 파라다이스는 위로받기 위해 쳐다보지 않는다. 내가 생각하는 파라다이스는 존재할 수 없음을 인정하기 위해서이다. 뱀이 없는 파라다이스에선 이야기가 존재할 수 없다. 아담과 이브가 없는 파라다이스는 천사와 온갖 선으로 가득 찬 공간일 뿐이다. 감정을 가진 인간이 살아가기엔 오히려 사랑하지 않는 세상이 되어버리기 십상이다. 판도라의 상자가 열려야 인간은 자유로운 영혼으로 살아갈 수 있을 테니까.

작가 심윤경은 소설『사랑이 달리다』에서 '혼신을 다한 사랑이란 훈장과도 같은 면이 있다. 죽을지 살지 모르고 덤벼드는 사람만이 느낄 수 있는 자유로움이, 후련함이 있다. 정신을 차리고 보면 팔다리가 없어졌거나 눈이 안 보일지 모르지만, 그가 그렇게 몸을 던진 적이 있었음을 증명하는 그 작은 금속은 영원히 그의 명예다.' 라고 했다.

참 멋진 표현이다.

아담과 이브는 파라다이스에서 쫓겨났지만 인간 세상에서 우여곡절을 겪고 하늘의 별처럼 수많은 인간을 번식시키며 온갖 동물 중의 제왕이 되었다. 모든 인간은 그들처럼 한평생 수많은 실수와 갈등을 반복하며 살다가 늙어서 세상사는 이치를 깨닫게 될라치면 죽음이라는 문이 눈앞에 떡 버티고 있다. 하지만 점점 참다운 인간의 면모를 알아가게 되는 것이리라.

유럽은 포도나무가 많아 와인을 많이 생산한다. 그런데 19세기에 들어 필록세라는 병균이 침투하여 그 많은 포도나무밭의 90%가 피해를 입어 모두 죽어버렸다고 한다. 그런데 아프리카에 야생 포도나무가 자라고 있었는데 그 포도나무는 어떤 병균에도 끄떡하지 않는다는 것을 알게 되었다. 단점은 포도가 듬성듬성 열린다는 것이다. 그래서 야생 포도나무에 유럽의 포도나무를 접붙이기로 하였다. 그 결과 최고의 결실을 맺는 튼튼한 포도나무를 탄생시키게 되었다. 서로 다른 기질을 지닌 나무가 한 몸이 되기 위해 상대방을 받아들이기 위해서 자신의 진액을 쥐어 짜내야 했을 것이라는 사실에 박수를 친다. 거저 얻어지는 평화란 있을 수 없다.

샤갈의 '파라다이스에서 쫓겨나는 아담과 이브'를 바라보는 나의 눈은 이미 아담과 이브를 응원한다. 뱀이 아니었더라도 이들은 탐스런 선악과를 이미 먹어보고 싶었을 것이라 생각한다.

파라다이스를 지키고 있는 아름다운 생명나무를 바라본다. 파라다이스엔 생명나무가 있었고 온갖 선과 진리의 근원이 있음을 잊지 않았기에 아담과 이브는 언젠가 다시 돌아가고픈 희망을 품고 살았으리라.

샤갈의 파라다이스!

나의 파라다이스를 이 세상에서 들여다본다.

마지막 방

스무 살 무렵부터 방을 만들기 시작했다. 눈에 보이는 실체가 아닌 나의 가슴과 머릿속에 존재하는 방이다. 그 방은 현재 다섯 개로 늘어났다. 최대한 여러 개를 만들지 말아야겠다고 생각하며 줄였지만 그래도 다섯 개나 된다.

첫 번째 방은 가족방이다. 그 방의 문은 늘 반쯤 열려있어 항시 드나드는 곳이다. 그 방에서 지내는 시간은 염려와 사랑이 존재하는 곳이며, 또한 화가 나는 곳이기도 하다. 두 번째 방은 내 업무 방이다. 아침에 출근하여 늘 들어와 앉아 있는 곳이다. 퇴근 전까지 거의 그 방 안에서 최선을 다하는 곳으로 하루의 대부분을 거기서 보낸다. 일에 시달리기도 하지만 맛있는 커피로 시작하고 이런저런 시트콤 같은 시간 속에 많이 웃는 곳이기도 하다. 세 번째 방은 우정의 방이다. 속 깊은 이야기를 나누는 친구들과 지내는 방이다. 가끔 문을 열고 들어가 수다를 떨고 살아가는 지혜를 나누며 상담이 이루어지는 방이므로 힘이 되고 의지가 되는 방이다. 시간에 쫓겨 자주 들락거리지 못하지만 대화의 방은 언제나 가고 싶은 곳이다. 네 번째 방은 글 쓰는 작업의 방이다. 그 방엔 책상이 있고 의자가 있으며 컴퓨터 앞에는 수많은 포스트잇이 붙여져 있는 곳, 나를 들여다보고 나와 대화를 많이 나누는 방이다. 여기는 아주 많이 들어가 앉아 있으면 좋을 곳이지만 두 번째 방에서 보내는 시간이 많아 자주 오지 못할 때가 많다. 그리고 다섯 번째 마지막 방이다. 내가 가장 좋아하는 방이다. 그곳엔 강물이 흐르고 있으며, 바다가 보이는 언덕이 있고, 메타스퀘어 가로수 길이 있고 우수수 별이 떴다 지는 곳이다. 그 방에 문을 열 땐 언제나 설레임으로 흔들리는, 내가 존재하는 가장 큰 이유가 있는 방이다. 나의 감정은 그곳에서 흘러나와 나를 어디론가 데리고 가는 곳으로 살아있는 나와 만나는 곳이다. 스스로를 위로하기도 하고 힘든 나를 놓아버리는 곳이기도 하다. 그 방이 없다면 나는 아무것도 할 수가 없다.

첫 번째 방과 두 번째 방은 행복과 갈등이 늘 공존하는데 스트레스가 주로 그곳의 방에서 일어난다. 반면 다섯 번째 방엔 눈부신 태양의 빛으로 늘 타클라마칸 사막의 황금빛 모래가 일어서며 쓸쓸한 낙타의 긴 눈썹이 아래를 응시하고 있다. 러시아의 토스토예프스키와 푸쉬킨이 앉아 쉬고 있을 때 그들의 깊은 눈동자를 만날 수 있는 자리이기도 하다. 눈 덮인 알프스의 우람한 산을 정면으로 바라볼 수 있고, 오스트리아의 아름다운 마을 할슈타트가 호수 위에 그림처럼 앉아 있다. 독일에서 늘 귓전에 따라다니던 성당의 종소리가 울려 퍼지는 소리를 들을 수 있고, 푸센의 노이슈반슈타인성이 고독한 모습으로 한 마리의 백조가 되어 둥둥 떠 있다. 그리고 몽골의 너른 들판에서 손잡고 춤을 추다가 해가 지고 붉은 노을이 지는 하늘에서 하나 둘씩 드러나는 별들을 물끄러미 바라보면 거기에 내가 있다. 언제나 그곳엔 바람이 불고 비가 내리고 있으며, 물결이 따라오며 이야기를 하자고 나를 스치며 끊임없이 건드린다.

적어도 내겐 참다운 숨을 쉴 수 있는 곳이다. 그런데 마지막 방의 문을 오래 전에 스스로 잠가버렸다. 엄청난 피곤에 짓눌려 그 방을 열 기운조차 없었다. 백야로 늦은 밤까지 해가 지지 않는 네바 강가에 서서 알 수 없는 피곤함으로 보라색 하늘을 바라보는 느낌이었다. 깊은 스트레스에 그 피곤함까지 더한다면 곧 쓰러져 버릴 것만 같았다.

시간은 가속력이 붙은 것처럼 생각보다 빨리 흘러갔다. 추운 겨울이 열 번쯤 지나갔을 무렵 따뜻한 봄이 소리도 없이 다가왔다. 우연히 대나무 숲으로 들어갔다가 비죽 얼굴을 내민 죽순과 마주쳤다. 갑자기 나는 발걸음을 멈추고 죽순 앞에 다가 앉았다.

죽순이 땅 속에서 영양분을 축적하여 땅 위로 하나의 순을 내보이기까지 50여 년을 숨죽이며 견딘다는 사실을 떠올린 것이다. 대나무는 일생에 단 한 번의 꽃을 피우는데 땅 속에서 50년, 땅 위에서 몇 십 년의 생을 버틴다는 이야기를 생각하며 땅 위로 얼굴을 내민 죽순을 쓰다듬었다. 죽순에게 있어서 세상의 빛은 어떻게 다가왔을까. 그 빛이 하루가 다르게 쑥쑥 자라게 했으니 어둠을 견딘 환희요 기쁨일 것이다.

이제 마지막 방의 문을 열 용기가 슬금슬금 기어오르기 시작했다. 온갖 빛으로 가득 채웠었던 그 마지막 방의 문고리에 손을 얹는다. 문고리를 돌린다. 숨이 멎을 것처럼 심장이 두근거린다. 문을 아주 조금 살짝 밀어본다.

형용할 수 없는 빛들로 인해 눈이 부셔 앞이 보이지 않는다. 앞이 보이려면 문을 더 열고 들어가야 한다. 순간 한 발짝도 더는 움직일 수가 없다. 앞이 보이지 않기에 온 힘을 짜내어 살아야 하는 인생처럼 과연 나아가는 것이 맞는 건지 분간할 수가 없어서 갈등한다.

치유란 젖은 기억을 다시 꺼내어 잘 빨아서 말리는 과정이라고 했다. 문고리를 잡은 손에 힘을 주어본다. 마지막 방의 문이 그렇게 서서히 열리고 있었으며, 빛은 온기를 가지고 또 그렇게 다가오고 있었다.

공명의 시간

마그리트의 그림 중에서 〈교사〉의 작품을 좋아
한다.

뒷모습의 남자
어깨가 떡 벌어진 상반신의 그,
근위병의 모자처럼 챙이 작고 둥글고 높은 모자를 썼으며
까만색이다.

챙과 모자 윗부분 사이에 작은 리본이 달렸다.

한 올 한 올 정성껏 잘 다듬어진 깔끔한 뒷머리, 도톰하고 부드러운 곡선이 드러나는 귀의 가장자리.

카라가 달린 까만 겨울코트를 입고 어깨와 팔을 꼭 붙이고 부동자세를 취하고 있다.

품위 있는 신사의 뒤태

그의 머리 위에 그믐달이 떠 있다.

푸르스름한 기운이 하늘을 덮고 태양빛 노란 잔영이 마을 지붕 위에 낮게 웅크리고 앉아 있다.

마을의 집들과 나무들이 어둑해진 기운에 형태만 드러내고 조용히 앉아 있다.

그와 마을과의 사이엔 들판이 거리를 두고 있다.

아무렇게나 놓인 돌 몇 개와 무성하게 막 자란 풀이 있는 들판은 그에 가려 양끝만 보인다. 액자 속 세상은 푸르스름하고 불투명한 빛이나 그의 뒷모습은 단호하고 강직하다. 단정하고 깔끔하게 다듬은 뒷머리는 세상에 대한 교사의 자세이리라. 그의 정수리 위에 그믐달이 떠 있다. 달이 가장 홀쭉한 그믐달. 푸른 지성의 빛이 마을을 비추고 과욕으로 물들지 않는 그믐달을 교사는 머리에 이고 있다.

이 그림을 바라보고 있으면 세상을 올바르게 살아야할 것 같은 기분을 느낀다. 어찌 보면 초저녁 같고 어찌 보면 푸르스름한 새벽 같기도 하다. 어느 쪽이든 중요하지 않다.

교사는 거리를 두고 마을을 바라보고 미동도 하지 않고 서 있다. 마치 어떤 신념과도 같은 의지가 단호하리만큼 그의 어깨에 매달려 있다. 비록 작고 홀쭉한 빛이지만 그 빛으로 사람들을 주시하는 그믐달이 반듯하게 서 있다.

마그리트 그림에는 그믐달이 곳곳에 등장한다. 그가 무슨 이유로 그믐달을 등장시키는지 잘 알지 못하지만 이 그림에서는 강한 여운을 남긴다.

교사의 단호한 뒷모습에서 그 여운은 완성되리라는 느낌을 받는다. 멀리보이는 그 마을은 어쩐지 평화롭고 든든하다. 누군가 그들을 지키고 있다는 사실, 단단한 신념을 가지고 미동조차 허락하지 않는 교사의 자세 때문이 아닐까.

소크라테스의 일화이다.

어느 날 젊은이들이 소크라테스를 찾아왔다.

"어떻게 하면 당신처럼 해박한 지식을 가질 수 있겠습니까?" 하고 물었다. 이에 소크라테스의 대답은,

"일단 돌아가서 매일 팔 돌리기 300번을 해보게. 그렇게 한 달을 채우거든 그 때 다시 나를 찾아오게나."였다.

젊은이들은 '아니 팔 돌리기와 학문이 무슨 상관이 있지?' 하며 의아해 했다. 하지만 그렇게 간단한 일이야 얼마든지 할 수 있다고 생각했던 것이다. 한 달 후 절반의 인원이 다시 소크라테스를 찾아왔다. 소크라테스는,

"잘했네, 다시 한 달을 해보게." 하며 이들을 돌려보냈다. 또다시 한 달이 지난 후 찾아온 젊은이의 숫자는 지난 달 보다 삼분의 일이 채 되지 않았다. 이렇게 여러 번 반복하자 일 년이 지난 후 소크라테스에게 자문을 하러 찾아 온 젊은이는 딱 한 사람이었다. 그가 바로 플라톤이다.

배우고자 하는 사람의 자세를 판단하는 데 시간의 공명을 가졌기에 훌륭한 제자를 배출해 냈으리라.

현악기는 아름다운 선율을 만들어내기 위해서 현의 울림을

가능하게 하기 위한 빈 공간 즉 공명이 필요하다. 바이올린이나 첼로, 해금 등 현을 가진 악기는 미세한 현의 울림이 가능한 공간이 있기 때문에 멋진 소리가 만들어 질 수 있다.

이 세상의 그 무엇도 공명이 필요하다.

마그리트가 마을과 저만큼의 거리에 교사와 그믐달을 세워두었다.

푸르스름한 공명의 시간은 힘을 축적하며 세상을 지키고 있다. 그 어느 때보다 따스하고 단단함으로 감싸인 마을은 모두가 바라는 세상이 된다.

초록을 풀다

생명을 살리는 초록의 풍요는 장엄하기 그지없다. 푸르름이 이불자락을 펼치듯 온 세상을 덮는다. 그 안에 꼼질꼼질 기어 다니는 놈도 있고, 뛰어다니고 날아다니는 것들의 보금자리도 있다.

소박하고 부지런한 초록. 태어나 한번 자리가 정해지면 그 자리가 구릉이든 골짜기든 낭떠러지든 아랑곳하지 않고 풀 한포기 피워냄을 게을리 하지 않는다. 이 초록의 싱그러움이

없다면 생명이 존재할 수 없으니 분명 초록이 세상을 지배한 다고 해도 과언이 아니다. 초록이 주는 것은 그래서 평화로움 이며, 단순함의 극치가 무엇인가 엿볼 수 있게 해준다.

이 초록은 겸손하다. 다른 색을 돋보이게 하기 때문이다. 초록이 둘러싸인 곳에서는 흰색, 노란색, 붉은색, 보라색 등 모든 색이 죽지 않고 본래의 색을 더욱 드러나게 해줌으로써 주위의 모든 아름다움을 배가시킨다.

사람 사이에서 자신은 낮아지고 타인을 돋보이게 하는 사람이 몇이나 되랴.

또한 초록은 어느 자리에 있어도 질리지 아니한다. 집 주변의 작은 풀밭, 샘물가 옆 풀무더기, 도심의 가로수 같은 작은 공간에서도 사람들은 초록을 심고 가꾸며 곁에 두고 싶어 한다.

그것은 초록만이 가질 수 있는 싫증나지 않는 아름다움 때문이다.

참으로 큰 사람에게서 느낄 수 있는 기대고 싶은 마음, 든

든한 평화, 사람을 진정으로 사랑할 줄 아는 인간미 등의 사람다움은 얼마나 아름다운가. 언제나 곁에 두고 오래 보고 싶은 사람으로 살고 싶다.

높은 산 위에 서서 산이 겹겹이 완만하게 흐르는 모습을 본다.

신이 초록을 풀었다. 그리곤 생명 있는 것들을 먹였다. 특별히 초록에겐 다른 생명체도 함께 돋보이게 하는 상생의 미를 주셨다. 강하고 독한 생명체가 초록을 위협하고 갈아엎어도 그저 열심히 초록을 돋아나게 했다. 어떻게든 뿌리내리고 살게 하는 것만이 자신이 할 일이라는 듯.

나도 있고 너도 있는 것, 너로 인하여 내가 평화로운 것. 그것이 초록이 할 일이었다. 단순한 그 일은 모든 존재를 살게 하는 근본이다. 지배하는 것이 아니라 어디든 뿌리를 내리고 묵묵히 살아가는 법을 보여주고 있는 것이다.

인간 세상을 지배하는 것은 무엇인가. 이 문장에 대한 생각을 어느 정도 정리하게 해준 서적은 마이클 샌델의 「정의란 무엇인가」였다. 하버드대학에서 샌델이 강의한 내용이 책으로 발간되었을 때 참 기뻤다. 그 유명한 강의를 EBS에서 연속으로 방영해 주었을 때 나의 수준에서 바로 이해하기가 너무 어려웠기 때문이다. 세상을 살아가는데 모두가 조화롭게 살기 위하여 반드시 정의는 살아있어야 한다. 그 생각의 끝지점에 다다르면 평화와 선이 정의의 바탕 안에 살아 숨쉬는 공동선에 도달하게 된다. 모두를 이롭게 하는 공동선, 평화의 아름다운 궤적이다. 이처럼 모든 거대하고 위대한 것은 단순함의 본질에서 비롯된다.

어릴 적 이웃에 교장선생님 사택이 있었다. 교장선생님은 책이 귀하던 시절이라 동네 아이들이 책을 많이 읽도록 먹는 것을 걸고 경쟁을 시키기도 하고, 뒷산에서 열매 따는 일을 시키기도 했다. 나는 친구들에게 뒤처질까 안달이 나서 얼굴에 땟국물이 들고 초췌해질 정도가 되어서야 집에 들어왔다. 할머니는 그런 나를 등에 업고,

"네가 할 수 있는 만큼만 햐. 친구에게 양보하면 친구 생각

이 보이는 거여. 안 보이는 것을 보는 게 중요한 겨, 낼은 머릿속에 쏙 들어올 만큼만 책 읽고 피마중이랑 산딸기도 적게 딴 친구랑 나눠 갖고. 교장선생님께 칭찬받을 겨 암만."

할머니는 언제나 초록에 물든 사람이었다.
내 마음에 초록을 푼다.

여인초

꿈속에서 나는 아이였다. 아이는 물도 따라다니고 태양을 정면으로 마주했으며 돼지하고도 놀았다. 해몽대로라면 나는 부자가 되어있어야 한다. 부잣집 천장 모퉁이에 매달린 거미줄조차 부잣집 안에서 잠들 수 있으니 얼마나 부러웠던가. 높은 명예도 지녔어야 한다. 권위도 부릴 줄 아는 사람이었어야 한다. 어쩐지 당당해 보이지 않았던가. 허나 지금 나는 돈도 명예도 권위도 가지고 있지 않다. 곰곰이 생각했다. 너무도 당연했다. 돈을 벌기 위해 목숨을 걸고 일하지 않았다. 명예를 얻기 위해 자존심을 버리고 굽신 거리지 않았다. 잠깐 찾아온 권위도 스스로 던져버렸다. 그러니 나는 망했다. 내 꿈은 최선을 다했는데 나는 뭉갰다. 하고 싶은 것만 골라하다 밟았기 때문이다.

다시 꿈을 꾸었다. 떠오르는 태양을 바라보다 잠을 깨었다. 이번엔 내가 어른이 되어 있었다. 이제 막 꿈을 깼는데 꿈이 그립다. 정말 모든 주위가 너무나 환했는데 감탄사를 터트리기도 전에 깨버린 것이다. 허나 그리운 것조차 꿈 아니던가. 꿈과 그리움 사이엔 여백의 우물이 있다. 당산나무 그늘이 있다.

삼 년 전 우리 집에 이제 막 잎이 돋아나기 시작한 여인초를 들이게 되었다. 너무 어려 처음에는 둥글고 긴 유리 화병에 물을 채워 물속에 발을 담그게 하고 키웠다. 몇 개월이 지나자 조금씩 키가 크면서는 힘이 없어 보였다. 아무래도 물을 매일 갈아주는 것도 아닌데 무슨 영양분이 있어 기운이 날까 하는 생각이 들어 화분에 거름을 듬뿍 넣고 흙을 부어 이사를 해주었다. 갑자기 흙으로 들어가 죽으면 어쩔까 조바심을 냈는데 시간이 지날수록 잎들이 생생해지고 키도 쑥쑥 자라나기 시작했다. 그렇게 이 년쯤 키우니 키가 천장에 가까워질 만큼 컸다. 잎이 아주 크고 넓어 파초 같은 느낌이 들지만 훨씬 잘생겼다. 잎은 줄기가 올라올 때 줄기에 돌돌 말려 있다가 키가 커지며 줄기 윗부분부터 이파리가 조금씩 펴지며 모습을 드러낸다.

사실 여인초는 원산지가 남아프리카 온열대지방의 마다가스카르섬이라고 한다. 우리나라 면적의 여섯 배가 될 만큼 세계에서 네 번째로 큰 섬이다. 섬의 해발 1,500미터에서 주로 자란다고 하니 제법 고지대 식물이다. 여인초旅人焦라는 이름이 붙여지게 된 것은 잎이 큰 부채 모양으로 잎자루 아래에 빗물이 저장되는데 그 물로 지나가던 나그네들이 갈증을 풀어서 붙여진 이름이라고 한다. 따라서 여인女人이라는 이름과는 전혀 상관이 없다.

열대 고지대에 있어야 할 커다란 식물이 사계절 살이를 해야 하는 나라로 이사와 살고 있는 것이다. 열대지방의 파초과 식물답게 잎도 넓고 키도 크다. 잘 자라면 10미터 높이로도 자랄 수 있다고 하는데 아파트에서 이미터 높이로 자라는 것도 기특하기 이를 데 없다.

여인초를 바라보고 있노라면 이 아이는 생 전체가 그리움일 것 같다. 이역만리 열대의 푸르름 속에서도 기죽지 않을 만큼 쭉쭉 뻗어 높은 창공을 향하여 손을 뻗을 수 있는 아이이다. 마다가스카르섬은 수천 년을 살 수 있다는 커다란 바오밥나무와 귀엽고 이쁜 여우원숭이가 살고 있는 생태계의 보고이다. 그런 울창하고 멋진 자연을 떠나와 우리 집에 살게 되었으니 안쓰러운 마음이 든다.

혼자 있는 시간이면 이 여인초 큰 이파리를 닦아주고 물을 흠뻑 적셔준다. 그 일을 하는 동안 내내 말을 건다. '너의 깊은 어딘가에 늘 그리움이라는 감정이 일렁이고 있을 거야. 그 감정을 잘 이해하는 사람이 너를 돌봐주고 있어서 그나마 다행이라는 생각을 했으면 좋겠어. 아침이면 제일 먼저 햇살이 창문을 뚫고 들어와 너의 몸을 비추고 오후 세시쯤 햇살이 비껴갈 때까지 그래도 하늘을 함께 볼 수 있어 좋잖아. 또 그 모습을 바라보고 지켜봐 주는 사람이 있다는 것만으로도 행복하지 않니. 그러니 우리 좀 더 기운내서 뿌리를 더 뻗으렴.'

조용히 자라지만 하루 자고나면 줄기가 쑥쑥 올라오는 것이 시각으로 느껴질 정도다. 그래서 정말 이 아인 손을 잡아 주고 싶을 만큼 살아있다는 것이 왕성하게 느껴진다. 바라보고 있으면 '나 열심히 살고 있어'라는 말을 일깨워 준다. 햇살에 손을 내밀며 잘도 크는 아이. 설사 그리움이 뼛속까지 박혀 숨이 막힐 것 같아도 마음을 어루만져주는 한 사람의 위로로도 천장을 뚫고 손을 뻗을 것처럼 자라나는 아이다.

한줌의 햇살과 한모금의 물을 나눠 먹으며 사랑을 느낄 줄 안다면 보물이다. 한집에 같이 살며 웃다가 울다가 하는 식구는 덤이다. 눈을 맞추고 짝짜꿍 입을 맞추는 친구는 선물이다.

햇살과 물만으로도 열심히 살고 있는 여인초는 우주를 살고 있다.

엄청난 꿈을 들어 먹고 부자가 안 되었으면 어떠랴.

태양의 발 아래 살고 있으면 그 어디인들 환하지 않은 곳이 있을까. 햇살 한줄기와 단 한사람의 위로를 거름 삼아 씩씩하게 살아가는 여인초를 닮아 볼까나.

번득이는 눈들 사이로

산이 소곤거린다. 모두 귀들을 곧추세우고. 남의 소리를 듣는 걸까. 내가 하는 말의 표정을 듣느라 쫑긋거리고 있는 걸까. 산이 겹겹이 앉아있어도 소리는 파도처럼 퍼져나간다. 산이 바라보는 것은 오로지 곁에 있는 산들 뿐이다. 저렇게 넓은 하늘이 바로 머리 위에서 두 눈 시퍼렇게 뜨고 바라보고 있는데도 산은 하늘이 보이지 않는가 보다.

눈만 번득이며 살아있는 거리. 표정을 읽을 수 없는 사람들. 자연히 귀만 열어놓고 걷는다. 무심한 발길과 이유없이 죄지은 사람처럼 서로를 피해 몸을 비껴가는 사람들이 사는 세상. 무거운 기운이 감도는 큰 길을 걷다가 대여섯 살쯤 되어 보이는 딸아이의 손을 잡고 노래를 부르며 다정하게 걷고 있는 모녀를 보았다. 젊은 엄마와 아이는 아주 예쁘게 옷을 차려 입었다. 밝은 베이지톤의 원피스는 바람에 산들거렸고 분홍빛 모자로 얼굴을 가렸지만 웃음소리가 끊이지 않았다. 마스크 위로 초승달처럼 휘어진 눈매가 너무나 곱다. 경쾌하게 걷는 걸음은 한순간의 피로가 물러가는 느낌이었다.

햇살이 비껴드는 방, 눈웃음이 따라오는 속삭임, 창가에 흘러내리는 빗물, 이른 아침 마당을 빗자루로 쓸어내는 소리, 볕드는 마루에서 재봉을 돌리는 소리, 화단가에 앉아 졸고 있는 강아지 한 마리. 할머니가 만들어주시던 고소한 참기름과 깨소금 범벅이었던 주먹밥. 할머니 등에 얼굴을 묻고 바라보던 산노을이 흐르던 빛들. 도심에서 약간 비껴난 곳, 논밭이 얌전히 앉아있는 햇빛 쏟아지는 언덕에 기와를 얹은 앞마당이 너른 집. 학교가 파한 후 집 앞에 당도했을 때 청량한 음률을 선사하던 이웃집 언니가 치던 피아노 소리. 그 집 마당에서 친구의 오빠가 세수를 하며 밝은 얼굴로 동생과 동생의 친구이던 나를 맞이해 주던 싱그런 미소. 그 정스런 미소들과 눈빛들의 기억. 산다는 건 그렇게 소박한 기쁨들 아니었던가.

여러 가지 사업으로 늘 바쁜 나의 부모는 새벽부터 보이지 않을 때가 많았다. 그에 따라 학교 근처로 혹은 사업장 옆으로 옮겨가며 사는데 적응해야 했다. 그에 따른 이별들은 언제나 내 몫이었다. 우두커니 서 있는 풀리지 않은 갈증들과 서러움, 그리고 그리움은 형용할 수 없는 근원적인 내 가슴의 원천일 것이다.

그 이별과 갈증들은 때론 사람으로 인하여 치유 받을 때가 많았다. 하여 사랑만이 모든 것을 치유할 수 있다는 것을 좋은 경험으로 삼게 되었다.

눈만 번득이며 살아야 하는 이 세상에서 생각해본다. 사람의 소중함을 잊고 살았었구나. 진솔한 대화의 기회를 가볍게 여겼었구나. 더 많이 웃고 함께 가는 길을 잘 가꾸었어야 했음을.

작은 방에 탁자를 놓고 그 위에 재봉을 놓았다. 오후에 비껴가는 햇빛이 들어오면 재봉틀을 돌린다. 소파 방석이며 커튼을 만든다. 계절에 맞는 색깔의 톤을 맞추느라 천을 뜨러 시장을 돌고 또 돌았다. 밖에서 입을 닫고 지내다 집에 와서는 경쾌하라고 꽃무늬 원단을 사왔다. 아이들에게 실내복 바지를 만들어 입혔다. 그 외 아기자기한 소품들을 만들며 지냈다. 재봉실을 매만지며 누에고치를 생각했다. 8센티미터의 몸에서 약 1,200미터에서 1,500미터의 실을 뽑아내는 누에고치. 손가락만한 누에고치가 지녔던 인고의 시간을 짐작이나 할 수 있으랴. 내가 누에고치라 한다면 나의 연은 어느 누구에게까지 다가갔던 것일까.

가장 가까이 있어 눈에 보이는 가족과 눈을 맞추고 집 안의 구석구석에 자리한 공간에 손때를 입혔다. 작은 것부터 다시 사랑을 시작한 것이다.

밖에 나갈 때면 지하철이나 거리에서 수많은 낯선 사람들과 마주치게 된다. 모퉁이를 돌다가 가까이 마주치는 일이 생기면 서로가 깜짝 놀라 날쌘 걸음으로 비켜가기 바쁘다. 마치 물체를 피해 다니듯 서로를 피해 다닌다. 가까이 앉아 수다 삼매경에 빠져 있는 사람들 근처엔 멀찍이 떨어져 인상을 쓰고 쳐다본다. 음식점에 사람이 많으면 안 들어간다. 세상은 대낮이어도 사람들의 눈은 눈치를 보느라 바쁘게 내려앉는다.

그 속에서 누가 자신을 알아보든 못 알아보든 예쁘게 차려입고 밝게 흥얼거리며 다정하게 걸어가는 모녀의 모습은 세상을 환하게 한다. 마른 종이처럼 빛바래고 구겨진 세상에서 작은 사랑이 누에고치가 뽑아낸 실처럼 따라온다.

사람과 사람 사이 잠 못 드는 밤, 침묵을 이겨내는 산이 우리의 영혼에 달의 길을 열어준다.

오늘은 번득이는 눈들이 초승달로 뜨는 모습을 볼 수 있으려나.

'들음'에 대하여

어느 모임에 갔다가 그 중 한 분이 처음부터 끝까지 좌중을 압도하며 계속 떠드는 모습을 보았다. 피곤한 모임이 되었다. 그 분이 남의 이야기에 조금이라도 귀를 기울이는 모습을 보였더라면 그의 지성이 더 돋보였을 것이라는 생각을 했다.

불현듯 칠레 광산사고가 떠올랐다.

칠레 산호세 광산에서 사고가 났을 때 서른 세 명의 광부

모두가 구조된 데는 한 사람의 리더가 얼마나 중요한지 생각해 보게 했다. 아무리 급박하고 어려운 상황이라도 '들음'이라는 것이 얼마나 큰 덕목인가 새삼 깨달음을 주었다. 광산들어가는 입구를 엠파이어스테이트 빌딩의 두 배가 넘는 큰 바위가 입구를 가로막은 것이다. 지상 위에서는 700미터 아래의 광부들 생사 여부를 알 수 없는 상황이었다. 그들이 살아있다고 가정하면 폭약을 쓸 수가 없기 때문에 그야말로 삽질이나 다름없는 방법으로 입구를 파내려 가야 했다. 그러나 정부는 포기하지 않고 끝까지 그들의 구조를 위해 최선을 다했다. 살아있다는 믿음을 저버리지 않은 것이다. 한편 지하에서는 처음에는 광부들이 두려움과 공포로 우왕좌왕했고 심리상태가 극도로 불안정했다. 그러나 리더인 슈퍼마리오는 그들을 설득했다. 우리는 살 수 있다는 희망을 버리면 안 된다고 역설했다. 그 방편으로 비상식량을 48시간마다 공평하게 나누어 먹도록 규칙을 정했다. 또한 구석에 화장실을 만들어 청결상태를 유지하기 위해 노력했다. 또한 정부가 구출해주리라는 믿음을 버리지 않았다. 그러나 사람의 특성은 모두가 다르기 때문에 그런 규칙만으로 질서가 이루어지기는 어려웠을 것이다. 슈퍼마리오는 그들과 한 사람씩 대화를 나누기 시작했다. 대화를 나누며 심리상태를 안정시켰으며 그런 심리적 안정은 신뢰가 이루어지면서 아무런 사고 없이 69일 만에 구조가 된 것이다. 그들이 한 사람씩 지상으로 나올 때의 감동은 잊을 수가 없다. 또한 지상에서는 69일 동안 그들이 살아있었음에 경의를 표했다.

이 사건의 중심에는 슈퍼마리오가 광부들과 만든 규칙도 중요하지만 한 사람씩 대화를 나누며 그들의 이야기를 들어주며 마음의 안정감을 유지시키고 희망을 버리지 않게 함으로써 그런 기적을 만들어낼 수 있었던 것이다. 이 이야기는 영화로도 만들어져 많은 감동을 주었다. 상대의 이야기를 들어준다는 것만으로도 때로는 죽음에서 건져 올리는 일도 얼마나 많은가. 이렇게 사람과 사람 사이에 가장 중요한 것이 소통인데 그 소통은 '들음'으로부터 시작한다.

얼마 전 방학을 맞이하여 뜨거운 여름을 피하러 지리산을 향하여 길을 떠났다. 칠갑사를 향하여 가다가 쌍계사에 먼저 들렀다. 여러 번 왔었지만 이 길을 지날 때는 그냥 지나치지 못하는 인연을 느끼게 하는 곳이다. 대웅전으로 발걸음을 옮기다가 너무 더워서 오른편 나무 그늘을 발견하고 그쪽으로 갔다. 몇 번이고 왔었는데 오늘에서야 나무 아래 큰 바위에 조각된 마애불이 눈에 들어온 것이다.

고려시대에 조각된 마애불이었다. 둥그스름한 얼굴에 눈 웃음치는 눈, 내공이 꽉 찬 것 같은 도톰한 입술이 다부지다. 어깨까지 축 내려오는 귀는 너무나 인자하고 편안한 인상을 주고 있다.

대웅전 안의 금칠로 번쩍이는 부처와는 거리가 멀다. 대웅전 안의 금부처는 귀족들이 다가가기 좋을 것 같은데, 바깥에 앉은 마애불은 소박하여 다가가면 왠지 쓰다듬어 줄 것 같은 느낌이 든다. 마당에서 비 맞고 눈 맞고 달려드는 바람에 온몸을 내맡기고 서 있다. 등짝이 휘어지도록 일하고 노곤한 몸으로 찾아오는 사람들에게 '나도 그렇단다' 하며 위로 한마디 건네줄 것만 같다.

한 아주머니가 마애불 앞에서 촛불 하나 켜놓고 정성을 들여 기도하고 있다. 슬그머니 뒤편에 서 있는 나를 곁눈질로 보더니 자리를 내어준다. 말은 하지 않아도 그 분의 배려심이

전해온다. 기도하려 한 것이 아닌데 미안한 마음이 들었다.

정작 나는 마애불의 옷자락을 만져보고 싶었다. 감히 다른 곳은 못 만지겠고 옷자락에 손을 대어보고 싶은 충동이 일었다. 천 년의 바위로 온갖 풍상을 겪었을 마애불에게 이야기를 하고 싶기도 했다. 그 동안 이 마애불을 쓰다듬던 손길들의 온갖 이야기들이 그냥 마애불 안에 녹아있다는 생각이 들어서였다.

한줄기 시원한 바람이 지나간다. 짐작할 수도 없는 숱한 사연을 가진 이야기들이 바람에 묻어 흘러간다. 저 마애불의 귀는 시간이 흐를수록 계속 처질 것이라는 생각을 한다. 하나같이 다른 사람들의 사연을 듣느라 귀는 점점 늘어지는 것 아닐까 라는 생각에 미소가 지어진다. 그리고 사람들에게 내 귀가 늘어지도록 너희의 이야기를 들었으니 너희도 서로의 이야기를 들어주며 마음을 나누고 서로를 통하여 치유를 받으라고 말씀하는 것처럼 여겨진다.

듣는다는 것은 쉬울 것 같지만 참으로 인내를 요구하는 일이며 교만을 내려놓는 일이기도 하다. 흔히 하는 말로 가족을, 이웃을, 나를 사랑하라고 말한다. 그 사랑은 '들음'으로부터 시작하는 것, 귀를 기울이는 것부터 시작하는 것이리라. 나 역시 가끔 지인들과 만나면 들떠서 이야기를 계속 할 때가 있다. '아차'하는 마음이 들기도 하지만 이미 너무 많은 말을 내뱉은 후일 때가 종종 있다. 후회하기는 이미 글러버린 것 이다.

'들음'은 기적까지 일으킬 수 있는 힘을 가지고 있다. 잘 들 을 수 있는 소양은 전적으로 내 몫이다.

소박한 모습으로 늘 그 자리에 서서 미소를 짓고 있는 마애 불을 바라본다. 그 많은 시간 속에 바람처럼 지나간 숱한 사 람들의 이야기에 귀 기울여 본다. '들음'으로서 모든 것이 선 명해진다. 나의 처신 또한 선명해질 것이 분명하다.

교호하는 검정

　　이십대에 꾼 꿈이다. 내 앞에 몇 종류의 이불이 펼쳐져 있다. 자세히 살펴보니 보라색과 붉은 자줏빛의 이불이 보였고 살짝 체크무늬가 들어간 고급스런 검정색 이불이 있었다. 나는 그 중 검정색 이불을 골라들었다. 오래도록 그 꿈이 잊혀 지지 않았는데 꿈 해몽을 검색해 보니 검정색은 죽음, 좋지 않은 경험 등 좋은 꿈이 아니었다. 잊혀 지지 않는 꿈이라 가끔 기억이 났지만 결혼 후 이런저런 일들을 겪으면

서 내가 고른 검정이 좋은 결정은 아니었다는 것을 깨달았다. 오랜 시간이 흐른 지금은 검정에 특별한 의미를 부여한다. 한 치 앞이 보이지 않는 어둔 동굴을 빠져 나오면 햇살은 그 어느 때보다 강렬했기 때문이다.

검정색에는 수많은 검정이 존재한다. 가끔 진시장에 천을 뜨러 나가면 검정색을 고르는데 아주 많은 시간을 할애한다. 원하는 검정이 잘 눈에 띄지 않아서이다. 내가 좋아하는 검정은 아주 새까만 색인데 고르기가 만만치 않다. 새까만 검정은 오히려 화려하게 느껴진다. 그래서 연회나 파티 혹은 시상식에서 검정 드레스와 검정 신사복이 세련되게 보이는 이유일 것이다.

그렇기에 검은색은 수많은 이야기로 점철된다. 예를들면 주황색 계통의 버밀리온과 프러시안 블루를 조합하면 따뜻한 느낌의 검정색을 얻을 수 있다. 또한 비리디안 진초록과 빨강색을 혼합하면 또 다른 느낌의 검정색을 얻을 수 있다.

이렇게 단순하게라도 검정의 오묘함을 끄집어 내볼까. 보이지 않는 깊숙한 곳에 전혀 다른 빛을 숨기고 드러내 보인 검정에서 화려함을 느끼게 된다는 것은 결코 우연이 아니다.

화려하다는 어휘사전에 '매우 밝고 다채로워 아름답다', '많고 뛰어나 매우 훌륭하다', '윤택하고 호화롭다' 등의 의미로 해석되어 있다. 그러니 검정은 여기에 꽤나 부합한다. 검은색의 종류는 너무나 많은데 온갖 종류의 색을 모두 합하면 검정이 된다고 한다. 그러니 검정은 그 속 깊은 곳에 얼마나 많고 다양한 색을 내재하고 있는 것인가.

이런 검정의 속성을 가진 것은 단연 문학이다. 한국계 미국인 이민진 작가는 소설『파친코』1,2를 완성하는데 무려 30년이 걸렸다고 한다. 이 소설은 2017년에 뉴욕타임지와 BBC가 선정한 올해 최고의 책으로 선정되었었다. 이 책이 지금 다시 주목을 받는 이유는 미국방송 애플 TV에서 황금 시간대에 8부작 드라마로 만들어져 방영되기 때문이다. 1910년 일본 식민지 시대부터 6.25전쟁의 근대사를 거쳐 1984년까지 격동의 세월 속에 펼쳐지는 4대에 걸친 재일 한인의 가족 서사를 담은 소설이다. 우리나라 가족사를 다룬 이야기이므로 드라마의 주인공들은 모두 우리나라 배우들이 캐스팅되었다. 이민진 작가는 1968년 서울에서 출생하여 7세가 되던 해에 미국으로 이민을 갔다. 예일대 역사학과와 조지타운대 로스쿨을 졸업한 인재로 성장하였다. 그 후 유능한 변호사가 되어 활동

했으나 건강상의 이유로 그만 두고 작가로 전업하였다. 처음 미국에 이민을 와서 단칸방에 다섯 명의 가족이 쥐와 함께 살았었던 기억을 가지고 있다고 했다. 부유한 국가에서 최하위의 빈곤층으로 시작을 한 것이다.

이민진 작가는 하버드대학교의 초청 강의에서 진행자의 질문에 아주 쉽고 간결하며 명쾌하게 답했으며 시종 유머러스함을 잃지 않았다. 여유 있고 즐거운 모습으로 학생들의 마음을 사로잡은 것이다. 그녀는 피 속에 흐르는 한국인으로서의 자존을 잃지 않았으며 경제적 어려움, 유색인종에 대한 차별 속에서 다져진 내공이 담담한 검정의 빛깔을 빚어냈던 것이다.

내가 아끼는 검정 블라우스와 검정 스커트를 입을 때마다 단순하지만 어느 색보다 화려하다는 느낌이 든다. 담담해서 기분이 좋다. 그래서 나의 어둠은 종내 나를 따뜻하고 단순함의 미학으로 이끌어주었다고 생각한다. 갖가지 색으로 빚어진 삶의 여러 빛깔은 모든 색을 흡수하는 검정으로 태어났으니 얼마나 멋진 인생인가.

젊은 시절 꿈에서 고급스런 검정색 이불을 선택한 건 결코 실수가 아니었다.

봄의 향기

　　따뜻함의 향기, 얼었던 대지가 녹으며 나오는 흙의 향기. 대지는 어머니의 품이다. 한없이 품어주는 그 안온하고 기분 좋은 다정함은 사람을 사람답게 살게 하는 우주의 눈물이기도 하다. 마른 나무에서 막 새 순을 돋을 때의 경이로움은 사람에게 희망을 주고 기적은 곳곳에 살아있음을 보여주는 완벽한 아름다움이다. 야윈 세상에서 파릇한 잎새를 틔우는 사람들의 이야기는 바로 봄의 향기와도 같다. 연초록으로 세상을 물들이는 봄의 향기는 희망이요 사랑이기 때문이다. 우리 주변에는 헤아릴 수 없을 만큼 아름답고 훈훈한 일들이 많이 일어난다. 그리고 그런 일을 공유하고 싶어 유튜브나 SNS에 올리는 사람들의 이야기는 세상에 따뜻한 파장을 일으킨다. 뭉클했던 순간이 얼마나 많았던가. 최근의 일화 몇 개를 떠올려 본다.

동네 편의점에 한 꼬마가 과자 값도 안 되는 돈을 손에 쥐고 마트 안을 몇 바퀴째 돌고 있다. 마침 그곳에 물건을 사러 왔던 이십대 초반의 아가씨가 그 아이를 보게 되었다. 꼬마가 과자를 가지고 계산대 앞에 서면 돈이 작아 번번이 거절되는 것이었다. 그 꼬마는 엄마와 살고 있는데 동전 몇 개를 쥐고 편의점에 들어와 자주 서성거린다는 이야기를 계산원에게 듣게 되었다. 아가씨는 꼬마에게 먹고 싶은 과자를 모두 사주었다. 그 후 아가씨는 꼬마에게 정기적으로 만나서 과자를 사주기로 약속을 했다. 유튜브에 고스란히 담긴 장면에 많은 사람들이 감동했다.

11월 가을, 구덕운동장 앞 큰 도로에서 과일트럭이 커브를 돌다가 과일 상자가 와르르 도로로 쏟아지는 사건이 발생했다. 출근시간이었기에 차들의 통행량이 많았다. 나뒹구는 과일들로 인하여 차들은 겨우 1차선만 지날 수 있었다. 그 때 지나가던 시민들이 모여들기 시작했다. 시민들은 도로에 깔린 과일을 상자 안에 주워 담기 시작했다. 모여든 시민들의 모습에 마침 앰뷸런스 두 대가 지나다 시민들의 안전을 위하여 바리케이트처럼 도로를 막고 앰뷸런스를 세웠다. 운전자는 재빨리 나오더니 과일을 같이 주웠다. 여러 시민들 덕택에 10분 만에 도로가 말끔히 치워졌고 차량들은 아무 일이 없었다는 듯이 정상적으로 운행하게 되었다.

수영구의 한 중학교 정문 앞에서 파지를 싣고 가던 할머니의 수레가 미끄러지며 파지를 도로에 쏟았다. 그날은 바람이 몹시 부는 날이었다. 파지는 여기저기로 날리고 있어 할머니가 줍기에는 힘이 들었다. 학생들은 귀가 하던 중에 그 모습을 보고 달려들어 파지를 수레에 차곡차곡 쌓아 드렸다. 파지를 정리해드린 학생의 숫자는 열 명이 넘었다. 파지를 정리하며 학생들은 생각보다 수레가 많이 무겁다고 느꼈다. 그래서 파지를 고물상까지 같이 밀어드리자고 의견을 모았다. 그 모습은 인근에 설치된 CCTV에 고스란히 담겼다. 심지어 수레에 싣지 못한 파지를 따로 들고 쫓아가는 학생들도 보였다. 걸어가는 거리는 세 정거장 정도로 좀 먼 거리였는데도 학생들이 끝까지 도와드리는 모습에 대한민국의 미래가 밝다는 상쾌함을 안겨주었다. 일설에 '중학생 하면 북한도 못 건드린다는 언제 어디로 튈지 모르는 아이들'이라고만 생각한 것이 무색할 정도였다.

어두운 저녁, 젊은 엄마가 고열로 인하여 아픈 아이를 자동차에 태우고 병원으로 가던 중 마음이 급한 나머지 앞 차를 들이받게 되었다. 차 밖으로 나온 엄마는 자신이 차 사고를 낸 것이 무서워 온 몸을 벌벌 떨고 서서는 앞의 차주에게 미안하다고 하며 얼굴을 감싸 쥐었다. 아이가 아파서 병원에 가는 길이었는데 정말 죄송하다며 사과를 했다. 차 문을 열고 나온 앞 차의 운전자는 나이가 좀 들은 중년여성이었는데 오히려 몸을 떨고 있는 젊은 엄마를 꼭 껴안아 주었다. 그리고 병원에 빨리 갈 수 있도록 신속하게 사고처리를 해주었다. 사고를 낸 젊은 엄마의 어깨를 감싸 꼭 껴안아 주는 장면이 블랙박스에 담겼다. 이 영상은 사고를 낸 젊은 엄마의 남편이 유튜브에 올렸다. 남편은 블랙박스에서 이 영상을 보고 눈물을 흘렸다고 했다. 만약 자신에게 자동차 접촉사고가 날 경우 상대방의 처지를 이해하도록 노력할 것이라는 심정을 밝혔다.

우리 주변에는 이처럼 소소하지만 아름답고 훈훈한 일들이 도처에서 일어난다. 사건 사고도 많지만 유튜브나 SNS에 미담 역시 만만치 않게 올라온다.

세상의 향기는 꽃향기처럼 사람의 감정을 선함으로 일깨운다. 대지에 훈풍이 불어오면 잠자던 모든 생명들은 부스스 눈을 뜬다. 강물 소리가 먼 심연을 깨우고 대지에 입을 맞춘다. 마른기침으로 하늘을 떠돌던 구름들이 하나 둘 모여 들며 대지로 스며들 준비를 한다. 태양이 거대한 대지와 조금 거리를 좁히자 세상은 어느새 푸르름의 옷을 갈아입고 새들을 불러모은다. 봄 향기가 대지를 감싸 따뜻하게 채우는 것처럼 세상을 살리는 건 따뜻함이다. 이제 막 발아한 씨앗이 꽃을 피워 세상을 흔들기 시작하듯 향기로움이 사람 사이에서 숨쉬기를 소망한다.

따뜻한 대지가 물길을 열며 인사하는 봄의 향기.

봄의 향기는 인간의 향기와 더불어 더욱 짙고 넓게 퍼져 나간다.

가냘퍼 서럽고 시려서 작은 발,

휘어진 내 손에 감기는 바람,

넘어가야 할 산은 구름에 가려있다.

가을 산은 붉은 노을에 더욱 불타오르는데

너를 손에 쥔 내 마음은 조급하기만하구나.

Contents 3

독

독毒

오래 전, 간호조무사 자격증을 따기 위해 병원 실습을 정신병동에서 하게 되었다. 내겐 향기 없는 살구빛으로 가득찬 곳이었다. 모두가 허약한 심성을 가지고 있는 그들. 그 중에서도 물을 너무 먹어 체내의 균형이 깨져 치료하기 힘든 남자가 있었다. 사십이 채 되지 않아 보였다.

"물, 물 줘, 물 줘" 하루종일 간호사들을 따라다니며 뱉어놓는 말이다. 강가에 세워 놓으면 온종일 강물을 다 퍼마실 것 같은 이 남자. 창백한 얼굴, 가늘고 푸른 손, 초점을 잃은 눈동자가 흔들린다.

1.8리터의 물을 깜짝할 사이에 들이키고 얼마 지나지 않아 또 목마르다고 간호사실 창살 앞에 선다. 너무 말라 창살도 비껴가는 얇은 실루엣으로 흔들린다. 작은 몸에 꺼져가는 촛불이 어른거린다. 물을 너무 먹어 체내 균형이 맞지 않아 죽어가는 이 남자는 살리기 위해 물을 주지 말아야 한다. 화장실 변기라도 퍼 마실 기세가 되면 침대에 몸이 묶여진다. 온 병실을 떠다니는 목마른 외침, 물 속으로 잠겨 들어가는 비명, 더욱 옥죄어 오는 환장할 세상이다. 나에게도 이제 물 달라는 말은 환청으로 떠다닌다.

"살고 싶어."

"살기 싫어."

남자는 이따금 작은 연못에 떠있는 까만 나뭇가지가 된다.

좀처럼 없는 일인데 출근해 보니 간호사실에 꽃바구니가 들어왔다. 이 꽃을 누군가 플라스틱 작은 화병에 꽃을 꽂아 놓았는데 이 남자가 화병의 물을 들이킬 것 같아 치우라는 의사의 명령이 떨어졌다. 묵묵히 그 꽃병을 치웠다. 빨간 장미가 쓰레기통으로 처박혔다. 한창 살아있는데 장미가 있을 곳은 쓰레기 더미다.

사람이 살기 위해 필수인 물이 이 남자에게 만큼은 독毒이다. 이 남자에게 목마름은 언제부터 시작되었을까 궁금하다. 무엇이 그토록 갈증을 만들어 냈을까. 하지만 실습생인 나에게 환자의 사생활에 대해서는 아무것도 알 수 없다. 한 달에 며칠은 집에 가는 걸 보면 그에게 틀림없이 가족이 있을 거라 추측만 한다. 신기한 것은 집에서는 물 먹는 것을 조금은 자제한다고 들었다. 밥도 조금은 먹는다고 한다. 그러나 살리기 위하여 어김없이 병원으로 돌아온다.

잠깐 쉬기 위하여 간호사실 의자에 앉으면 의사와 간호사의 대화를 본의 아니게 엿듣게 된다. 너무나 바쁜 정신병동이다. 그러나 짬나면 덜떨어진 농담과 음담패설로 그들의 손에 묶었던 끈을 잠시 풀어낸다. 이런 대화야말로 의료진들의 슬픈 침묵보다 훨씬 낫다. 그런 대화라도 없으면 무거운 시간이 더 길어질 것만 같다. 실습을 하면서 의료진들의 노고에 진심으로 고마운 생각을 가지게 되었다. 그만큼 내게는 무척 힘이 든 시간이었기 때문이다. 그 때문일까. 실습이 끝나고 자격증만 따놨지 정작 간호직업은 갖지 않았다. 그때부터였을까. 작고 위태로운 것들만 보면 그냥 지나치지 못했다.

천을 뜨러 시장에 갔다가 다리를 저는 빼빼마른 사람이 구걸을 하며 돌아다니는 것을 보았다. 얼마나 빨리 사람과 사람 사이를 지나가는지 한참을 쫓아가서 약간의 돈을 쥐어 주었다. 그는 돈을 받고는 눈도 마주치지 않고 휙 돌아 바쁘게 갔다. 그런데 그 모습을 보던 점포 주인이 그 사람은 돈만 주면 술을 마시니 다음부터는 만나더라도 돈을 주지 말라고 했다. 돈이 독毒이 될 수도 있는 사람. 그럴 수도 있겠다 생각했다. 그러나 그 술이 그 사람에게 생명줄이라면, 그나마 그 술을 먹어야 버틸 수 있는 것이라면 어쩔 것인가라는 생각을 갖게 했다. 사람마다 살기 위해 부여잡고 있는 동아줄, 비록 썩은 동아줄이라도 말이다.

늦가을, 산모퉁이 굽어져 그늘진 나지막한 곳에 꽁닥꽁닥 음계로 앉은 보라색 구절초를 보았다. 벌써 졌어야 할 구절초가 핼쑥한 얼굴로 앉았다. 주변엔 누렇게 마른 풀들이 지천이다. 시절도 모른 채 얼굴을 내밀었단 말인가. 일찍 떨어지는 해가 뉘엿뉘엿 산을 넘으려 망설인다. 엷은 보라색 구절초를 훑고 가는 싸늘하고 세찬 바람에 금방이라도 목이 떨어져 나갈 것 같다. 애처롭다. 목이 마를 것 같다는 생각이 들었다. 손을 휘어 꺾었다. 내 손에 들려 있는 작은 구절초를 바라본다. 추운 날씨에 그늘진 나무 아래서 부들부들 떨고 있는 것을 보고 무작정 집에 데리고 가고 싶었다.

'따라가자 따라가자, 여기서 살 날 얼마인지 모르겠으나 나는 너를 데리고 가야겠다'

가냘퍼 서럽고 시려서 작은 발, 휘어진 내 손에 감기는 바람, 넘어가야 할 산은 구름에 가려있다. 가을 산은 붉은 노을에 더욱 불타오르는데 너를 손에 쥔 내 마음은 조급하기만 하구나. 빨리 가서 물을 주어야겠다는 생각뿐이었다.

아무리 차갑더라도 네가 있을 곳은 여기라는 것을 안다. 그러나 곧 꽃이 시들 것을 알기에 하루라도 더 꽃으로 머물게 하고 싶었다. 꽃을 쥔 손에 힘을 꽉 쥔다. 발걸음을 재촉해 보지만 내 집 가는 길이 이토록 멀 줄 몰랐다.

그 순간 목마른 한 사람이 떠올랐다.

과연 그 사람은 지금 살아는 있을까.

가장 낮은 G선

파가니니는 이태리가 낳은 천재적인 바이올리니스트이다. 어느 날 음악 애호가들이 모인 자리에서 연주회를 갖게 되었는데 불행히도 연주 도중에 줄이 하나 끊어져 버렸다. 그럼에도 파가니니는 아랑곳하지 않고 남은 세 줄로 계속 연주를 했다. 그런데 조금 있다가 또 한 줄이 끊어지더니 또 조금 있다가 또 한 줄이 끊어져 이젠 줄이 하나 밖에 남지 않게 되었다. 오히려 청중들이 민망할 지경이 되자, 모두들 당혹해하며 "오늘의 이 연주야말로 파가니니에게 있어서 최고의 불행한 연주회가 될 것이다."라고 생각하게 되었다.

이 때 파가니니는 청중을 바라보며 잠시 연주를 멈추더니 남은 한 줄로 완벽한 음악을 만들어냈다. 그 한 줄은 가장 낮은 G선이었다. 그의 실력을 두고 사람들은 악마에게 영혼을 팔아 그런 연주가 가능하다고들 했으며 '악마의 바이올리니스트'라는 별명이 붙게 되었다. 바흐의 'G선상의 아리아'를 떠올리면 이해하기 쉽다. 'G선상의 아리아'는 G선 하나로 연주한 곡이기 때문이다.

살다보면 얼마나 많은 줄을 끊어먹으며 살아가고 있는가. 내가 가진 가장 좋은 것들을 어느 한순간에 날려먹기도 하고 스스로 자르면 안 되는 때도 있다. 줄이 하나씩 끊어져 나갈 때마다 소스라치게 놀랄 때도 있고 참담할 때도 있다. 그러다 종내는 체념 내지 포기하게 된다.

성군 세종은 슬하에 18남 4녀를 두었다. 이 중 가장 아꼈던 왕자가 다섯 째 광평대군이었다. 너무나 사랑하는 아들인지라 그 당시 이름난 역술관인 홍계관에게 사주를 보게 하였는데 굶어죽을 사주로 나왔다. 혹시나 하는 마음에 금지옥엽 왕자가 굶어죽을까 봐 전답 오백 석을 내렸다. 그런데 어느날 광평대군은 밥을 먹다 목구멍에 가시가 박혔는데 어떤 처방에도 가시가 빠지지 않고 밥은커녕 물 한 모금도 마시지 못하고 정말 굶어죽고 말았다. 하여 그토록 총애하던 다섯째 광평대군을 먼저 보내고 만다. 참혹하게 줄이 하나 끊어져 버린 것이다.

뿐이겠는가. 며느리가 일으킨 여러 스캔들로 인하여 왕가에서 쫓겨나는 등 세종 역시 인간적인 고뇌가 끊이지 않았다. 최고의 자리에 오른 자라도 이처럼 줄이 끊어지는 고통을 맛보는 것이 인생이다.

직장생활을 하는 아들이 어느날 내게 조심스럽게 물었다. 엄마는 회사에 다니면서 곁에 힘든 사람이 없었느냐고. 그럴 땐 어떻게 했는지 물어왔다.

사람으로 하여 피곤한 기색이 역력했다. 아들의 눈을 들여다보다 천천히 말을 건넸다.

태양이 떠오르면 반드시 그늘이 생기기 마련이 아니냐고. 그런 태양도 시간이 지나감에 따라 서서히 그늘은 반대편으로 넘어가게 되어있는 법이라고. 항상 음지만 있는 것도 아니고 항상 양지만 존속되고 있는 것은 아니지 않느냐고. 시간의 흐름에 따라 변하게 되어 있는 법이니 인내와 끈기를 가지고 기다리다 보면 때가 오는 법이라고. 그 때가 언제 나에게 오는지 투명하게 보이지 않을지라도 음지의 때에선 내공을 쌓아야 하는 법이라고. 즉 가장 낮은 음으로 연주해야 할 때라고.

그렇게 한참의 시간이 흐르고 나서 아들은 환하게 웃었다.
음지의 시간은 한 줄로 천천히 건너야 하는 지혜의 순간이었던 것이다.

밤의 여왕과 모차르트

　모처럼 오페라곡을 감상할 수 있는 기회가 생겼다. 유명한 오페라곡을 성악가들이 열창을 할 때, 관람석에서는 적극적인 호응이 이어졌다. 이런 객석의 반응에 힘입어 성악가들은 점점 더 힘차고 아름다운 음율을 뿜어내고 있었다. 거의 마지막에 다다랐을 즈음 오페라 〈마술피리〉의 한 장면인 '밤의 여왕' 아리아가 이어졌다.

　이 곡은 악의 상징인 밤의 여왕이 딸에게 선의 상징인 가톨릭 사제를 유혹하여 죽이라고 교사하며 부르는 노래이다. 상당히 끔찍하고 섬뜩한 장면에서 모차르트는 천상의 음악을 듣는 듯한 착각을 불러일으키게 할 만큼 아름답게 작곡을 했다. 언뜻 들으면 사랑의 아리아인 듯하다. 악의 속삭임처럼 암울하고 어둡고 차갑지 않다.

그렇게 천상의 음악으로 악의 유혹을 아름답게 그려낸 모차르트의 의도를 생각하게 된다. 천천히 그리고 고요히 속삭이다 클라이맥스로 이끌어 무아지경으로 뿜어내는 고음으로 천상의 황홀로 이르게 한다. 마치 알아차리지 못할 만큼 조용히 달콤하게 속삭이다가 어느 순간 어둠 속으로 처박아 버리는 악의 속성을 그려낸 모차르트의 천재성이 드러나는 부분으로 해석하고 싶다. '밤의 여왕' 아리아를 휘날레에서 최상의 고음으로 치달아가며 휘몰아치듯 열정적으로 뿜어내는 성악가에게 객석에서는 한동안 박수소리가 끊이지 않았다.

공연이 끝난 까만 밤 유난히 밝게 쏟아내는 길거리의 오색찬란한 불빛들을 어지럽게 바라보았다. 헛된 것일수록 쓰고 달콤하고 뜨겁고 불꽃같지 않은가.

이른 아침부터 커피숍에서 커피 한잔을 사들고 출근길을

재촉하는 사람들을 흔하게 볼 수 있다. 커피 맛이 그저 달기만 했다면, 쓰기만 했다면, 특유의 맛과 향을 가지고 있지 않았다면 사람들은 그렇게 커피를 즐기지 않았을 것이다. 묘하게도 그 모든 맛이 섞이어 그 어느 것도 따라갈 수 없는 맛을 지니고 있기에 전 세계인들이 끊을 수 없는 음료가 되었을 것이다.

내 안의 쓰고 어두운 악은 어떤 모습을 하고 있을까. 가만히 생각해 보면 내가 나쁜 마음을 가지고 행동할 의도가 없었는데도 지나고 보면 남에게 상처를 입힐 때도 있고 그만큼 나 자신 역시 상처를 입게 된다. 상처란 스스로 생겨나는 것이 아니라 분명 건드려서 생겨난 것이기 때문이다. 내 안의 악을 가장 잘 파악할 수 있는 방법 중의 하나는 내 자신이 다른 사람에게서 어떤 어둠을 가장 먼저 알아채느냐를 보라고 한다. 그것이 바로 나의 어두움이기 때문이다. 내가 가진 어두움을 잘 알기에, 상대방이 가진 모든 것들 중에 가장 먼저 알아챌 수 있다고 하는데 생각해 보니 정말 그랬다.

니체는 '실패, 도전, 좌절하는 인간이기에 사랑하지 않을 수 없다'고 했다. 선과 악이 늘 가슴 안에 공존하는 인간, 얼마나 멋진가. 그리고 그 선택은 자신에게 달려 있기에 더욱 멋있다. 큰 산을 넘어가는데 굽이치는 길이 있으면 푹 패인 길도 만나지 않겠는가. 정신을 가다듬어 하나의 장애물을 만날 때마다 지혜는 늘어가며 생각은 다양해진다.

모처럼 '밤의 여왕' 아리아를 들으며 밤길을 타박거리며 걸었다.

성공의 함정이라는 말이 있다. 이 말은 성공의 복수라는 말로도 일맥상통한다. 성공 뒤에는 파멸의 씨앗이 싹트고 있기 때문이다. 세상 사는 일에 경계를 해야 하는 이유이다.

인간은 아름답고, 밤은 까맣게 타오르고 천상의 선율은 귓가를 맴돌고, 내일은 태양이 눈부시게 빛날 것이다. 그러다 모차르트처럼 의식하지 못한 사이 나를 재빨리 채갈지도 모르겠다. 내가 만난 세상, 어찌 이리 묘하게 형용할 수 없을 만큼 매력적인 것인가.

기찻길 옆 오막살이

기찻길 옆 오막살이

아기아기 잘도 잔다

칙 폭 칙칙폭폭 칙칙폭폭 칙칙폭폭

기차소리 요란해도

아기아기 잘도 잔다

'기찻길 옆 오막살이' 동요다. 경쾌한 리듬과 칙칙폭폭이

갖는 묘한 울림이 가슴을 뛰게 한다. 지금은 폐쇄된 해운대역 철길에 서면 이 동요가 저절로 떠오른다. 노란 해운대역 건물 뒤편 철로에는 약 5미터 정도의 철로가 남아있어 철로의 흔적을 가늠해 볼 수 있다. 이 철길을 따라 양 옆으로는 갖가지 꽃들이 아무렇게나 피어 있고 주민들이 작게 텃밭도 가꾸고 있다. 이 길은 2013년 12월 옛 동해남부선 해운대역 구간이 폐쇄된 이후 철길이 거둬지고 산책길로 재정비되어 해리단길로 불린다. 2019년 '대한민국 최고 골목길 대상'을 수상하기도 했다. 이 산책로는 우동 성모안과병원 근처의 아파트까지 연결되어 이 일대 주민들의 산책로로 애용되고 있다. 산책로를 계속 걷다가 옛 해운대역 구간을 지날 때면 누구나 한번쯤 옛 기찻길의 향수를 느끼게 하는 곳이다.

누군가 반가운 사람이 그 역에서 걸어 나올 것만 같다. 죽기 전에 한번 꼭 만나 보았으면 하는 그리운 이를 그곳에서 기다리다 보면 만날 수 있을까. 저녁이면 집에 돌아올 가족이 역에서 잔뜩 피곤이 묻은 얼굴로 웃음기 머물고 환하게 손을 흔들며 걸어 나올 것만 같다.

해운대역사의 빛바랜 노란색이 보고 싶은 얼굴을 떠올리게 한다. 대여섯 살 먹은 아주 작은 계집애인 내가 철길에 서 있다. 친구들과 매일 소꿉놀이를 하면서 어머니가 깨진 사기그릇을 주면 받아들고 좋아서 깡총깡총 뛰었다. 밥을 담던 사기그릇이 둥글게 깨진 것이면 엎어놓고 아궁이로 썼다. 깨지거나 금간 사기그릇은 그 깨짐에 따라 소꿉놀이의 용도가 정해졌다. 덕분에 갖은 소꿉살림살이가 채워졌다. 아이들은 모여 오늘은 누가 엄마가 되고 아빠가 될까를 정했다. 아빠가 되던지 엄마가 되는 날은 행운이었다. 왜냐하면 아이들을 심부름 시킬 수 있는 권한이 주어지기 때문이다. 빨간 부서진 벽돌은 아이들 역할이 주어진 애들에게 철로 위에 놓고 오라고 심부름을 시켰다. 그러면 할 수 없이 조심스럽게 철길 위로 올라가 철로 위에 부서진 벽돌을 올려놓고 오면 아이들은 철로 아래에 일렬로 앉아 모두가 기차가 지나가기를 기다렸다. 기차가 지나가면 아이들은 환호성을 지르며 냉큼 철로 위에서 가루로 산화한 빨간 벽돌가루를 조그만 손에 의기양양하게 담아왔다. 철로 주변의 작은 자갈들은 모든 놀이의 재료였다. 아궁이를 만든다거나 굴뚝을 만들기도 했다. 막 피어난 풀들은 반찬으로 썼다. 아이들은 먹는 시늉을 하며 제법 근사한 밥상을 차리며 가족 놀이를 하며 엄마의 저녁 먹으라는 소리가 들릴 때까지 그렇게 놀았다. 놀이 장난감이 변변치 않던 시절에 주변의 모든 쓰레기는 장난감으로 재활용되고 있었다.

그리고 그 작은 계집 아이는 철로에선 늘 기다리는 사람이 있었다. 아기였을 때부터 키워준 할아버지와 할머니였다. 친가나 외가 등의 이름이 붙여지지 않는 그냥 이웃집 사람들이었다. 바쁜 부모를 대신하여 하루 이틀 아기를 맡기다 보니 돌도 안 되었을 때부터 학교가기 전까지 그 계집아이를 키우게 되었고, 정이 듬뿍 들게 되었던 분들이다. 학교 갈 무렵이 되자 철길 옆에서 살다 초등학교 옆으로 이사를 오게 되었고 할아버지와 할머니 역시 다른 곳으로 이사를 가게 되어 떨어지게 되었다. 그러나 할아버지 할머니는 매일 버스를 한 시간씩 타고 그 계집아이를 보러 이사 간 집으로 왔다. 그 집 대문 앞에서 서성거리다 계집아이를 만나고 돌아가시곤 하셨다. 할아버지와 할머니가 자신을 두고 갈까 봐 할아버지 손을 꼭 잡고 있다가 졸음에 겨운 눈을 못 이겨 잠에 곯아떨어지곤 하였는데 그렇게 잠이 든 다음에서야 할아버지 할머니는 돌아가시곤 하셨다. 잠에서 깨어 울고불고 하던 나를 달래느라 식구들은 꽤나 오랜 시간 시달려야 했다. 시간이 지나고 내가 거의 잊어버렸다고 식구들은 생각했지만 계집아이는 조금 성숙했을 뿐이었다. 울고불고 해서 만나질 성질의 것이 아님을 알 만큼 커버린 것이다. 그러나 계집아이는 절대 잊어버리지 않았다. 좀 더 크면 반드시 내가 찾아가겠다고. 할아버지와 할머니가 토끼 유모차에 태워 집에 데려오던 그 길을 잊어버리지 않았다. 그리고 초등학교 오학년 때 할아버지가 돌아가시기 전까지 가끔 버스를 타고 찾아가서 그분들을 놀라게 해드렸고 그런 나를 차마 보내지 못해 재워 보냈다가 어머니의 싫은 소리를 들으셔야 했으며 나는 종아리에 피멍이 들 때까지 회초리를 맞았다. 그 땐 어머니가 어찌 그리 야속했는지 대청마루에서 엉엉 울다 지쳐 잠이 들었다. 깨어보니 어머니가 새 옷을 사서 내가 잠이 깰 때까지 앉아 계셨다. 철없는 나는 차가운 눈길로 어머니를 바라보고는 말문을 닫아버렸다. 그 후에도 지나다니던 길을 더듬어가며 두어 시간을 걸어서 할아버지 할머니를 보고 오기도 했다.

초등학교 오학년 때 할아버지가 돌아가셨다는 연락을 받고 그 집에 가서 이제 다시는 오지 않겠다고 결심을 했다. 이별을 처음 경험한 그 순간 그건 대단한 충격이었다. 그 때까지는 누구도 죽음에 대하여 가르쳐 주지 않았다. 어떻게 다시는 볼 수가 없는 것인지, 아니 사람은 누구나 다시는 볼 수 없는 순간이 온다는 것을. 그 때 충격으로 받아들여야 했다. 그러면 추억으로만 기억될 수밖에 없다는 것을 아프게 알게 된 것이다.

해가 지고 초저녁 별이 뜰 때 할머니 등에 엎드려 철길에 드리워진 황홀한 저녁노을과 세상을 바라보던 아름다운 빛들을 어떻게 잊을 수 있을까. 할아버지 할머니와의 알콩달콩 했던 기억은 신새벽의 물기어린 빛으로 남아있다. 그 노을 속으로 내달아가며 멀어져 가던 기차의 뒷모습이 얼마나 아름다운 여백을 만들어내는지 몇 십 년이 지나도 풍경으로 남아있다. 산길이며 들길엔 새벽의 푸른 물기로 가득 채워졌던 숲속의 정기와 함께 가슴 속에 그리움이라는 이름의 방으로 소중히 간직되어 있다.

어쩌면 할아버지와 할머니라는 이름으로 기억된 두 분들이 나의 피붙이였다면 한평생 아프게 남아있지 않았을지도 모를 일이다. 단지 이웃에 사는 분들에 불과했던 것이다. 슬하에 대학교에 다니는 아들 하나였던 분들이 이웃의 아주 작은 여자 아가를 처음엔 부탁 삼아 돌보아 주던 것이 시간이 지남에 따라 자신의 가족으로 키우게 된 선량한 분들이었던 것이다. 두 분이 나를 성심성의로 키워준 이야기는 어머니로부터 귀가 닳도록 들었다.

여행을 떠날 때나 일이 있어 기차를 탈 때면 기차소리 속엔 할아버지와 할머니 그리고 나의 웃음소리가 스며 있다. 그것은 타인에 대한 사랑의 가르침이요, 늘 나를 지켜보고 있을 그 분들에 대한 내 삶의 자세에 대한 보답으로 언제나 현재진행형이다. 또한 나의 토막 난 기억 저편에서 알콩달콩한 추억들이 사랑의 강물이 되어 흐르고 있다.

노란색 해운대 역사의 건물 주변으로 맑은
햇빛이 가득하다. 역 앞엔 작은 돌틈 사이
로 아무렇게나 자라난 풀들이 흩어져 있고
역사 앞은 사람들의 발길이 드물어지자 이
제는 비둘기들의 놀이터가 되었다.

철길을 건너면 아주 낡은 우일종합시장 건물이 있다. 주변의 고층빌딩들과 묘한 대조를 이룬다. 아직도 포차나 생선 해산물 등의 조그만 가게가 장사 중이다.

퇴근하여 기차를 타고 해운대역에 내리면 삶의 피곤함을 달래며 간단히 허기진 배를 달래며 들어섰을 역 뒤 작은 포차들이었을 것이다. 철길과 마주한 시장의 뒷모습이 눈에 그려진다. 포차에서 술 한 잔을 기울이며 앉아있다 보면 기차가 지나갈 적마다 기차의 경적 소리 얼마나 요란했을까.

이 기차의 경적 소리는 기찻길을 따라 살아가는 사람들에게는 시끄러운 소리가 아니라 생의 끈이 연결되는 소리였을 것이다.

예전에 철길로 이어진 집들은 대부분 철길 쪽이 뒷문이다. 창문 쪽도 문은 닫혀 있으나 잠그지는 않았다. 그 창문 쪽으로 편지 심부름도 이어졌고 친한 아줌마들이 낮에 못다 한 긴한 귀엣말들을 어두운 철길로 나와 앉아 소곤거리는 모습도 볼 수 있었다. 누구네 집에 부부가 왜 싸웠는지 적나라하게 알 수 있었다. 그러니 무슨 비밀이 있을 이유가 없었다. 하룻밤에 있었던 일들은 다음 날 아침이면 모두가 알게 되는 그런 곳이었다.

'칙 폭 칙칙폭폭 칙칙폭폭 칙칙폭폭' 소리만큼이나 사람 사는 소리가 경적을 울리는 기찻길 옆 사람들은 이제 모두가 떠났다.

'기찻길 옆 오막살이' 노래를 나지막이 불러본다.

어디선가 기차가 걸어오는 소리가 들린다. 저만치 기차는 보이지 않으나 땅이 조금 울리기 시작한다. 가까이 다가옴에 따라 점점 소리와 진동이 커진다. 방바닥에 귀를 대고 엎드려 그 울림을 재미삼아 들었던 그 기차가 저만치서 걸어오고 있다.

그리운 이들을 싣고 다가오고 있다.

공느

부산 시청 건물 외벽에는 한 달에 한 번씩 짧고
아름다운 한 구절의 시구詩句가 바꾸어가며 걸려있다. 한 구
절이지만 그 느낌이 강렬하게 다가올 때가 많다. 때로는 그리
움이, 때로는 '그래 오늘도 힘내서 살아봐야지', 혹은 지나간
옛 사랑의 그림자들이 실루엣처럼 스쳐가기도 한다. 구구절
절 늘어놓는 삶의 지혜나 교훈보다 가슴에 들어와 박히는 것
들이다.

21C는 대중이 문화를 이끌어가는 시대이다. 아무리 좋은 예술이라고 선을 보여도 자신이 좋아하지 않는 것이면 흥미를 갖지 않는다. 현재를 이끌어가는 대중은 내가 좋아하는 것에서는 뛸 듯이 기쁨을 표현하는데 주저하지 않으며, 싫어하는 것에서도 잘 모르겠다는 태도를 분명히 한다. 그리고 그런 표현은 일상생활에서도 능수능란하게 자신의 감정을 표현한다.

말은 여백으로 남기면서 자신의 감정은 타인에게 전달하는데 주저하지 않아 서로의 감정을 알며 소통을 하는데 보다 세련되게 접근을 하는 것이다.

하루에도 핸드폰에서는 '카톡 카톡' 소리와 함께 메시지가 전달되어 온다. 메시지에는 이모티콘이 따라와 같은 안부인사라도 자신의 감정을 대변해 주니 읽는 사람은 그 사람의 감정을 고스란히 전달받게 되는 것이다. 짧은 시간에 이야기를 주고받는데 구구절절 설명할 글을 쓰자면 대화 시간이 오래 걸리게 되므로 'ㅇㅈ'('인정'의 줄임말)같은 줄임말로 대화를 주고받는 것이다.

이런 줄임말은 외국에서도 오래 전부터 사용해왔다.

lol(laughing out loud); ㅋㅋㅋㅋㅋㅋ, omg(oh my god!); 헐!,

HAND(have a nice day); 좋은 하루 되기를!, sup(what's up?); 뭐해? 등 많은 줄임말로 느낌을 공유하고 있다.

요즈음에는 핸드폰의 카톡, 문자메시지, 밴드, 페이스북, SNS 등 다양한 형태로 소식을 주고받으며 자신이 공유하고 싶은 내용을 알릴 수 있다. 그리고 자신이 올린 내용과 사진들에 대한 반응 역시 '공느'하고 느낌을 공유 받으며 보다 넓은 사회와 소통을 해나가고 있는 것이다.

'공느'란 '공유와 느낌'의 준말로 자신의 게시글에 공유와 느낌(표정)을 남겨달라는 의미이다. 발음도 신선하다.

오늘 아침 친구가 카톡으로 만남을 알려준다. 그리고 오늘의 만남을 자신이 매우 기뻐한다는 표현의 이모티콘은 어피치(apeach)였다. 너무 좋아서 춤을 추며 뱅글뱅글 돌며 난리법석을 피우는 모습이 사랑스럽다. 이 어피치의 모습만으로도 친구가 오늘을 매우 기다리고 즐거워하고 있음을 피부로 느낄 수 있게 해주는 것이다. 이것을 말로 표현하려면 얼마나 길게 늘어놓아야 하겠는가.

이 이모티콘 세계는 그래서 매일 새롭게 진화하고 있으며 또다른 감정을 나타내려고 느낌이 세분화되어 판매되고 있다.

위의 이모티콘은 대학생의 하루 생활을 이모티콘으로 표현한 것이다.

'나는 살아있다.' '정말 살아있다'고 느끼는 순간은 느낌이 극대화 되었을 때이다. 숨 가쁘게 살아가는 일상에서 '공느'는 숨 트임이 아닐까.

경계해야 할 일은 단순한 마음의 표현이 진정한 정서를 헤칠 우려가 있다는 점이다. 바쁘고 촉박한 시간을 줄이는 이모티콘의 공느는 만남을 통하여 진실한 마음을 전달하는데 노력한다면 그런 우려는 불식될 것이다.

백 마디 말보다 너를 만나서, 너와 함께여서 참 좋다의 의

미도 긴 말이 필요 없이 좋은 시구 하나, 이모티콘의 표정 하나면 가슴 속 감정 이상으로 설명할 수 있는 문화. 지혜로운 하나의 장으로써 자리 잡길 바란다.

신조어와 놀다

요즘 젊은층에서는 신조어를 '급식체'라고 하며 자주 사용한다. '급식체'란 주로 청소년들 사이에서 유행하는 말하기 방식을 비유적으로 이르는 말로 긴말을 최대한 압축해서 쓴다. 이러한 신조어는 소셜네트워크서비스(SNS), 유튜브, 웹 드라마 등을 이용하는 사람이 늘어나면서 더욱 빠르게 생성, 확산되고 있다.

이는 '밈(Meme)'의 시대적 흐름이다. 밈은 인터넷에서 유행하는 특정한 문화요소와 컨텐츠를 의미한다. 또한 '밈'을 제작하거나 유포하는 사람을 '미머(Memer)'라 한다. '밈(Meme)'의 의미는 수많은 신조어가 탄생되며 확산되는 현상으로 인하여 KBS 도전 골든벨 평택여고 편 50번 마지막 문제의 정답으로 나왔을 정도이다.

신조어의 확산과 보급은 정확히 규정하기 어렵지만 대략 2000년 초 인터넷의 보급과 맞물린다. 초창기 신조어는 은어 내지 속어가 위주였으나 네트워크의 영향으로 이제는 경제, 사회, 문화, 교육 등 다양한 영역에 걸쳐 등장한다. 처음에는 청소년들 위주의 신조어가 기성세대에게는 낯섦 혹은 당혹함으로 다가왔다. 하지만 차츰 사회 전반에 걸쳐 친근감, 공감대, 분위기 이완, 시간절약 등의 긍정적 효과를 낳자 급속도로 공유되고 있는 실정이다.

예를 들면 최근 '깡'이란 단어가 TV 유명 오락프로그램에서 글로벌 가수의 예전 노래가 리메이크 되며 여기저기서 '깡'이란 말이 터져 나왔다. '깡'의 사전적 의미는 '깡다구', 즉 '악착같이 버티는 오기'를 의미한다. 그런데 그 가수는 1일 1깡 한다고 얘기했다. 이 뜻은 '깡'이란 뮤직비디오를 하루에 한번은 봐야 하루가 시작된다는 의미라고 밝혔다. 그 후 '깡'은 그런 의미를 넘어서 내가 좋아하는 것을 '깡'으로 표현하며 의미를 확산시키고 있다. 이렇게 신조어는 시대의 흐름에 맞게 재창조되고 누리꾼들 사이에서 먼저 번져나가며 비유 혹은 은유를 거쳐 재치있게 유행어로 탄생되는 것이다. 더구나 TV매체 등에서 언급되면 그 파급력은 순식간에 번져나간다.

일상용어로 많이 상용되는 신조어를 살펴보자.

고답이 ; 고구마를 먹었을 때처럼 목이 답답해오는 것처럼 앞뒤가 꼭 막힌 사람을 이른다.

꾸안꾸 ; 꾸민 듯 안 꾸민 듯 세련된 스타일을 의미한다.

만반잘부 ; 만나서 반가워 잘 부탁해를 줄임말.

오놀아놈 ; 오! 놀줄 아는 놈의 줄임말.

반모 ; '반말 모드'의 줄임말.

#G ; 시아버지를 의미. 며느리들 사이에 주로 쓰인다.

댕댕이 ; 강아지 나 개.

ㅇㅈ ; 인정!

최애 ; 가장 좋아하는, 사랑하는 대상을 일컫는 말.

인싸 ; 각종 행사나 모임에 적극적으로 참여하며 사람들과 잘 어울려 지내는 사람.

인싸개그 ; 웃기지도 않는 걸 유행하는 개그랍시고 하는 사람과 거기에 인간관계를 위해 어거지로 재밌는 척 해야 하는 상황.

닉값 ; 이름값은 한다.

갑분싸 ; 갑자기 분위기 싸해짐.

부동산 신조어도 많이 등장했다.

휘게 라이프(Hygge Life) ; 아늑함을 뜻하는 주거 문화(덴마크식 삶의 방법)

리터루족 ; 영어 리턴(return)과 캥거루족(부모품을 떠나지 못하는)의 합성어로, 한번 독립했다가 다시 집으로 돌아가는 성인.

하메 ; 하우스메이트

청포족 ; 청약포기

홀로가 ; 자기만의 개별화된 주거 공간.

하우스푸어 ; 비싼 집에 사는 가난한 사람들을 의미. 무리하게 대출을 받아 주택을 구입했다가 대출이자에 치여 힘겹게 살아가는 사람들.

렌트푸어 ; 높은 주택 임차료나 대출상황 때문에 여유 없이 사는 사람.

이 외 이제는 보편화된 역세권, 학세권, 의세권, 수세권 등을 낳았다.

또한 사람들과 어울리는 자리에서 분위기를 업 시켜줄 신조어식 문답은 웃음을 유발시킨다.

신이 아이를 낳으면? ; 갓~난아이

중이 가면 안 되는 대학은? ; 중~앙대

반성문을 영어로 하면? ; 글로~벌

소가 웃으면 ?; 우~하하

세상에서 가장 긴 맥주? ; 기네~스(수입맥주 이름)

이밖에 경제 용어로 널리 알려진 금수저, 흙수저, N포세대(취업난, 물가상승 등 사회적 압박으로 연애, 결혼, 출산 등을 포기하는 세대), 청년실신(일자리가 없어 돈을 빌려 놓고 갚지 못하는 20대를 이르는 말) 등은 사회 경제적 언어가 되어 버렸다.

우리나라는 현재 문맹률이 0%로 전 세계에 우리나라만이 가지고 있는 기록이다. 이는 한글이 과학적이고 철학적이면서도 가장 단순하고 우수한 문자이기 때문이다. 1997년 10월 유네스코 세계문화유산에 등재된 언어가 바로 한글이라는 것이 입증해 주고 있다. 또한 하고 싶은 말이 있어도 문자가 어려워 말을 하지 못하는 백성을 위한 애민정신으로 만들어진 훌륭한 문자이다. 한글의 소리표현은 11,000개 이상 조합할 수 있으며 색을 나타내는 단어 역시 무궁무진하다. 이러한 표현력은 이미지를 극대화시키고 신조어 같은 문자를 얼마든지 재창조할 수 있는 융통성과 창의력을 발휘시켜 준다. 우리나라의 K-pop의 선풍적 열기가 전 세계인에게 파고드는 이유 중의 하나가 자유로운 감정과 창의적인 표현이 우리가 사용하는 언어인 한글이 있어 가능하다는 것을 생각하면 얼마나 우수한 문자인가를 다시 돌아보게 한다.

전 세계인들을 열광하게 만든 영화 기생충에 나오는 짜빠구리가 세계인들이 먹고 싶어 하는 음식이 되었다. 이렇게 유머와 위트와 해학을 담고 빵빵 터지는 긍정적 의미의 신조어들이 우리 사회를 보다 밝고 유쾌하게, 때로는 같이 생각해 보는 이슈로 더욱 진화해 나갈 것을 기대한다.

굴비 사러 간다

여름이 되면 너무 더워지기 전 영광으로 길을 나선다. 거의 해마다 굴비를 사러 간다는 핑계로 여행을 나서는 것이다. 영광으로 들어서기 전 어김없이 거치는 곳은 백수해안도로이다. 아름다운 낙조로 유명하고 너른 갯벌이 펼쳐져 있다. 오후 밀물 때 바닷물이 밀려들어오며 내는 소리는 마치 모차르트의 피아노 소나타연주를 듣는 것처럼 순수한 신비가 감싸도는 곳이다. 어릴적 내가 자란 인천도 갯벌이 넓었다.

너른 갯벌을 보면 아버지가 생각나고 특히 무더운 여름이면 아버지 밥상에 올라오는 굴비가 생각난다.

여름이 되면 비가 오는 날을 빼곤 아버지는 옥상에서 저녁을 드셨다. 연탄 두 개가 들어가는 화로 위에 어머니는 석쇠를 올려놓고 굴비를 구우셨다. 굴비 굽는 냄새는 다른 생선과 확실히 달랐다. 뭐랄까 온 미각을 자극하는 고소하고 깊은 냄새였다. 그 냄새에 이끌려 고무줄넘기를 하다가도 슬슬 옥상으로 올라갔다. 뿐만 아니라 고양이, 강아지 모두 옥상 한 귀퉁이에서 숨도 쉬지 않고 얌전히 앉아있었다. 식탁에서 떨어지는 부스러기라도 얻어먹기 위한 무언의 도전이었다. 나 역시 평상 주위를 빙빙 돌며 눈으로 기웃거리며 아버지의 식사가 끝나길 기다렸다.

아버지는 사업 일로 늘 바쁘셨기 때문에 식구들보다 항상 먼저 식사를 하셨다. 아버지가 다 드신 후에 우리들의 식사가 차려졌다. 더구나 그 시절 굴비는 꽤 비싼 생선이었다. 우리들은 조개가 들어간 국이나 고등어, 임연수, 병어 등 비교적 값이 저렴한 생선들이 주어졌다. 그 뿐만이 아니었다. 아버지는 굴비도 드시는데 어머니는 계란 노른자만 종지에 담아 들깨가루와 몸에 좋다는 것들을 넣어 디저트로 드렸다. 어머니는 우리에게 항상 말씀하셨다. 너희 아버지는 비린 생선은 입에 대지도 않고 입도 짧아서 저렇게 신경 써서 먹이지 않으면 안 된다고. 그러나 아버지는 언제나 빼빼했고 우리는 하나같이 살이 통통한 것이 신기했다.

나는 커서 어른이 되면 저 맛있는 굴비를 실컷 먹으리라고 다짐했다. 아버지가 남기신 굴비의 살점을 물에 만 밥에 숟가락으로 떠서 그 위에 올려 먹으면 얼마나 맛이 있던지 혀를 깨물리기도 했고 입안 살점을 물기도 했다. 그러나 그것이 뭐 대수랴. 굴비 한 점을 먹을 때마다 온 몸의 세포들이 춤을 추었다.

화단에 심겨져 있는 접시꽃, 능소화, 맨드라미, 칸나, 앉은뱅이 채송화 등이 활짝 웃었다. 대문 입구에 서 있는 진딧물이 잘 오르는 무궁화도 그 순간만큼은 밉지 않았다. 비록 몇 점 얻어먹지 못하는 굴비였지만 초저녁 여름이 즐거웠다. 뭉게구름이 파란 하늘에 펼쳐져 있는 모습을 옥상 위 평상에 벌렁 누워 쳐다보았다.

아버지가 저녁을 얼른 드시고 부리나케 밖으로 나가시는

모습엔 관심이 없었다. 어머니가 아버지 밥상에 관심을 쓰며 우리와 반찬을 차별하는 것에 대하여 불만을 가지지는 않았으나 아버지가 먹성이 좋아서 맛있는 굴비를 더 많이 드시고 더 많이 남겨 주시면 얼마나 좋을까 하는 생각만 했다.

어린 나이에도 굴비는 그다지 크게 보이지 않았다. 먹성이 좋지 않으신 아버지는 왜 저걸 다 드시지 못할까 생각하며 먹성이 좋지 않음이 오히려 다행이라고 생각했다.

언제나 생선 한 면만 드시고 일어서시는 아비의 마음을 헤아려 본 적이 없다. 옥상 위 평상 곁에 연탄화로가 지펴지면 굴비가 밥상에 오르는 날이었다. 짭조름한 바닷바람이 바람에 실려 오고 학교 숙제가 일찍 끝나는 날이었다. 굴비는 맛으로 나를 배불리고 보이지 않는 사랑과 믿음으로 익어갔다.

영광으로 굴비를 사러가는 날은 여름 햇빛이 좋고 파란 하늘이 많이 보이는 날 갑자기 출발한다. 굴비를 사서 먹는 일은 나 스스로에게 사랑을 먹이는 일이다.

백수해안도로에 서서 밀물이 들어오는 소리를 듣는다. 갯벌에 사는 생물들에게는 생명수이다. 경쾌한 듯 부드러우며 은은한 말걸기. 달과 지구가 마주보는 시간은 이렇게 아름다운 소리를 낸다. 누군가와 마주보는 시간도 이처럼 자연의 소리와 같다면 얼마나 좋을까. 부드럽게 차르르 소리를 내며 물의 발자국 소리를 들으며 갯벌 속에서 숨죽이며 기다리는 생명들은 기뻐서 기지개를 켤 준비를 할 것이다.

해마다 여름이면 굴비를 사러 간다.

찬 물에 밥 말아 굴비를 얹어 드시던 아버지의 밥상, 해마다 밀물이다.

내민 손에 담아준 당신의 빛

2014년 8월 프란치스코 교황이 한국을 방문했다. 시청 앞 광장에서는 공식 환영 행사가 열렸다. 광화문까지 이어진 대로에서 연신 눌러댄 카메라 렌즈에 수많은 손들이 찍혀 있다. 교황님께서 지나가실 때 수많은 신자들과 시민들이 높이 내밀었던 손들이다. 가만히 들여다보니 그 손들 하나하나가 횃불의 형상이다.

마침 세월호 사건이 일어났던 그 해는 망연자실, 멍함, 상실감, 서글픔, 패배감, 무력감 등이 짙게 그늘을 드리우고 있었다.

카퍼레이드로 광장을 지날 때, 자동차에서 내려와 사람들에게 걸어오시며 제일 먼저 세월호 희생자들 부모의 손을 잡으며 위로해 주셨다. 세상을 향한 절규로 피폐한 이들의 손을 부드럽고 따뜻하게 잡아주시며 눈을 맞춰주시는 진정한 위로의 눈빛. 눈물이 왈칵 쏟아졌다. 그 빛은 온 세상을 비추고 깊은 바다 속보다 더 보이지 않는 어두운 우리 마음 밑바닥까지 비추었다. 어둠이 우리를 삼키지 못하도록 활활 타오르는 횃불처럼 우리를 비출 기세였다. 상처난 영혼을 치료해 주는 위로가 모두를 훑고 지나갔다.

직장에서의 일이다. 선생님들이 저녁에 돈까스를 시켜먹고 몇 조각 남긴 채 신문지에 그릇을 둘둘 말아 밖에 놔두었다. 아침에 식당 주인이 그릇을 왜 안 내놓았느냐며 교무실을 찾았다. 선생님들이 분명히 내놓았다고 하자 주인은 한숨을 푹 쉬었다. 음식물을 남긴 채 내놓으면 종종 노숙자들이 그릇째 가지고 간다는 것이었다. 다음부터는 화단 옆에 놔두라며 당부하고 갔다. 순간 소외된 사람들의 양식은 그렇게도 채워진다는 서글픔이 감돌았다. 전 같으면 그저 그런가 했을텐데 모두 아무말없이 뒤돌아서며 눈물이 그렁그렁했다. 조금만 감정을 건드리면 시도 때도 없이 서글픔이 밀려오고 눈물이 났다. 속절없는 시간이다 생각하던 이 시기의 암울함은 좀처럼 가시지 않았다.

사진 속 교황님이 지나가실 때 수많은 사람들이 쳐든 손 하나하나를 바라본다. 마치 보이지 않는 햇불을 손에 쥐고 있는 것 같다. 멍들고 지친 가슴을 밝혀줄 맑고 투명한 샘물과도 같은 환한 빛처럼 보인다.

질곡과도 같은 어두움 속 벼랑 끝에 서본 사람만이 강하게 나를 비추시는 하느님을 더 가까이 만날 수 있음을 피부로 느낀다. 사랑은 절망을 부여잡고 불타오르며 빛은 어둠을 뚫는 간절함으로 세상을 이겨낸다.

가톨릭 신자로 사는 나는 가끔 하느님이 정녕 어디에 계시는가 묻는다. 어찌 말도 안되는 일이 도처에서 있어나고 있는가 원망하는 마음이 들어서이다. 하지만 이내 부끄러워진다. 이 모든 일은 우리 인간이 행한 일의 결과이기 때문이다. 내가 어떻게 사느냐에 따라 인생이 달라지고, 내 주위가 밝아져야 나도 밝을 수 있음이 진리이다.

시편의 한 구절이다.

' 제가 저녁놀의 날개를 달아

바다 맨 끝에 자리 잡는다 해도

거기에서도 당신 손이 저를 이끄시고

당신 오른손이 저를 붙잡으십니다 '

사랑은 듣는 것이라 했다. 들으면 바라보아야 한다. 나의 눈이 무엇을 듣고 무엇을 바라보는지 선택을 한다. 슬픔을 어떻게 이해해야 할지 하늘을 바라본다. 내 손을 잡으시는 신의 눈물. 세상을 바라보는 하늘의 한도 끝도 없는 사랑이 어둠 속의 위로이면서도 서글프게 다가온다.

저 태양이

얼마 전 가깝게 지내는 친구와 식사를 했다. 그 친구는 늘 부러움의 대상이었다. 유복한 가정에서 자라나 남편도 최고의 학부를 나왔으며 시댁 역시 고위직 공무원을 잘 지낸 유복한 집안이었다. 친구는 남편이 아팠을 때 전심으로 쾌유될 수 있도록 최선을 다했으며 아이들도 노력을 들인 만큼 속 썩이는 일 없이 승승장구 하였다.

그런 친구가 어이가 없다는 표정으로 말문을 열었다. 아들이 주식을 해서 완전히 깡통을 찼다고, 그것도 처음이 아니라 몇 번째라는 것이었다. 그동안 몇 억씩 막아주느라고 가진 돈도 떨어져 간다는 것이었다. 듣고 있던 나는 이제부터는 사글세방에 살더라도 도와주지 말라고 당부했다. 너무 어려움 없이 살았고 큰 일이 닥쳐도 부모가 척척 해결해 주니 자꾸 본전 생각이 나서 반복하는 것이 아니겠냐고.

친구는 얼마 뒤에 몸이 이곳저곳이 안 좋아 병원에서 수술도 받았고 후로도 몸이 아파 일어나지 못하겠노라고 했다. 아마도 신경성으로 몸이 자꾸 아픈 듯 했다.

명심보감에 이런 말이 있다.

'해와 달이 아무리 밝다한들 엎어놓은 항아리를 비추지 못하고 칼날이 아무리 날카롭다 한들 죄 없는 사람을 베지 못하며, 뜻밖의 재앙도 조심하는 집 문 안에는 들어오지 못한다'고 했다.

내가 아무리 밝은 곳에 있다 하여도 어두움은 있기 마련이고 주어진 권력이 나에게 있다 하여도 아무나 해칠 수는 없는 것이니 그저 조심하며 살아가라는 인생의 충고인 셈이다.

바다는 오늘도 붉게 타오르는 열정으로 시작한다. 겨울 아침 일곱 시가 넘어감에 따라 붉은 기운이 먼 바다 위를 물들이기 시작한다. 하늘을 태울 듯, 은회색이 도는 푸른 바다를 유혹하는 듯 기세 좋게 물들이다가 드디어 붉고 황금빛이 도는 태양이 솟아오르기 시작한다. 크고 둥근 태양이 이글거리며 존엄을 드러내기 시작하는 거다. 저 존재가 지구를 살게 하는 힘을 지녔다는 것이 신비롭기만 하다. 이른 아침부터 바다에 나온 사람들은 시선을 떼지 못한다. 태양이 솟아 일어서는 시간은 이 삼분 안에 끝나버리고 잠깐 사이 광안대교 위로 둥실 자리잡는다. 그 순간이라야 지구가 엄청난 속도로 돌고 있다는 것이 피부에 와 닿는다.

사람들은 일출을 기다리다가 태양이 솟는 순간의 멋진 광경을 눈에 담자마자 막 솟아오른 태양을 뒤로 한 채 발걸음을 옮긴다. 마치 스포트라이트를 받을 때의 영광에 사람들은 열렬히 박수치다가 금세 사라져버리는 모습과 흡사하다.

어느새 높이 하늘로 올라가 있는 태양에 흥미를 잃은 듯 발길을 돌리는 모습은 영광스런 때에 잠시 찬사를 보내다가 곧 잊어버리는 사람들의 모습과 흡사하다.

태양이 사람들로부터 잠깐의 탄성을 자아내게 하고는 이내 하루종일 잊혀진 존재로 하늘에 떠 있는 태양의 아이러니. 사람들의 모습 또한 다르지 않다. 타인들로부터 영광과 기쁨의 찬사를 받는 순간은 언제나 잠시이다. 평범한 일상 속에 머무르는 자는 그나마 행복한 사람이다. 늘 갈등과 번민과 고통이 그림자처럼 따라다니는 것이 인생의 대부분이다.

날이 따뜻해지고 건조한 기후가 계속될 때의 바다는 아침 저녁의 색깔이 비슷하다. 비바람이 몰아쳐 파도가 성이 나 몸부림을 쳐대면서 있는 것들을 다 토해내고 난 뒤의 바다는 하늘색도 바다색도 다르다. 갖가지 파스텔톤으로 바닷가 배경을 아름다움으로 도색한다. 사람이건 자연이건 한번씩 뒤집어져야 고운 색깔로 물들어 갈 수 있음이다.

역경이 지고 물러갈 때는 돈보다 더 귀한 '지혜'라는 선물을 남겨주고 간다고 했다. 한 사람의 인생에 있어서 태양이 뜰 때처럼 찬사와 영광을 맛볼 수 있는 순간은 찰나에 지나지 않을 때가 많다. 어느 사람에게 있어서는 그런 순간이 기억조차 없는 경우도 많다. 바쁜 순간에도 대낮의 잊혀진 태양을 한번씩 바라보듯 가끔 자신이 지나온 길을 되짚어 보는 것도 지혜를 얻는데 도움이 될 것이다.

친구의 일을 가슴 아파하면서 나의 삶을 다시 한번 정리해 보게 되었다. 내가 서 있었던 바다, 숲, 좁은 길모퉁이와 돌길에 부딪히며 내가 얻은 건 무엇이었을까. 그 무엇인들 내 의지대로 삶이 움직여 주었던가. 그저 살아내느라고 다리 아프도록 걸어다녔을 뿐이다. 그리고는 노자의 말씀처럼 강한 인간이 되고 싶다면 물과 같아야 한다는 것을 깨달았다. 허나 그 물은 길을 내어주지 않으면 흐를 수가 없다. 해서 길을 내어주는 사람이 되어야겠다고 생각하니 훨씬 편안해졌다.

길을 밝혀 주며 언제나 그 자리에 있는 저 태양처럼.

기상이 서린 솔향, 시비로 흐른다

– 동래구 시비를 찾아서

　　백두산 줄기를 따라 이어지는 백두대간의 남쪽 아래 지점인 금정산 자락 아래로 산의 정기를 듬뿍 받고 있는 지역이 동래구이다.

　금정산으로 명명된 것은 '산마루에 우물이 있어 한 마리 금빛 나는 물고기가 오색구름을 타고 하늘에서 내려와 우물 속에 놀았다 하여 지어진 이름이라고 한다. 금정산은 부산의 진산으로 제일 높은 고단봉이 801.5m로 여러 봉우리를 거느리고 있는 큰 산이다. 그러므로 산림이 우거져 있는데 울창한 숲은 금강공원 주변이나 범어사 계곡 등에서 쉽게 접할 수 있으니 사람의 발길이 잦을 수밖에 없다.

금정산은 『삼국사기』에 나오는 거칠산국이 있던 곳으로 추정되는 유서 깊은 곳이다. 때문에 동래복천동고분군을 비롯하여 동래패총, 동래부사청동헌, 망미루, 고려오층석탑, 동래야류, 동래학춤, 동래지신밟기 등의 문화재가 있다. 또한 임진왜란 때 송상현 부사가 일본에 결사항정의 결의를 벌인 것을 기리는 충렬사에는 송부사를 비롯한 정발 장군 등의 호국영령을 모신 곳으로 옛부터 굳건한 의지의 땅인 이곳은 교육열이 높아 학군이 좋기로 이름난 곳이기도 한다.

이런 동래는 금정산의 기운 때문인지 온천이 유명한데 이 온천동 서북쪽에서 금정산으로 이어지는 윗자락에 금강공원이 있다. 부산광역시 기념물 제26호로 지정되어 있다. 1940년에 금강원으로 명명되었다가 1965년에 공원으로 지정되었으며 1973년부터 입장료를 받다가 2004년부터 입장료없이 무료로 개방되어 시민들의 발길이 끊이지 않는 곳이다.

이 금강공원의 주소는 우장춘 박사를 기리는 동래구 우장춘로 155(온천동) 일원으로 약 935평에 달한다.

필자는 금강공원의 주차장에서 바로 이어지는 길로 들어가 공원 정문을 거쳐 한 바퀴를 돌아 나오는 코스를 택하였다.

벚꽃이 막 진 사월 중순의 일요일, 이곳을 찾은 필자는 당일 미세먼지 주의보가 내려져 시야는 부옇게 흐려있었는데 도심 한가운데 위치한 이 공원에 들어서는 순간 울창한 소나무가 사방을 에워싸 솔향이 온몸의 구석까지 파고드는 느낌

이었다. 공기가 너무 좋아 미세먼지의 매케함이 느껴지지 않아 상쾌했다. 산의 오래된 나무들이 울창하기 때문이리라.

공영주차장에 차를 세우면 바로 육교로 올라가게 되어 있는데 육교 계단을 밟고 올라서서 쭉 걸어가면 내려가는 일 없이 육교 위에서 바로 공원 안으로 길이 이어지게 되어 있다. 공원 바로 옆자리에는 식물원이 있고, 조금 더 들어가면 금강사 절이 오른편으로 위치해 있다. 사찰 아래로는 조그만 차밭이 형성되어 있는데 허브차를 가꾸고 있었다. 차밭으로 들어가는 아치형 문에 정감이 갔다.

금강사에서 조금만 더 들어가면 부산민속예술관 건물이 보인다. 이곳은 부산동래지역에서 계승되는 전통민속문화의 전승사업과 전수를 하는 곳이다. 부산광역시의 위탁을 받아 부산민속예술보존협회에서 운영을 하고 있다.

　동래야류, 동래학춤, 동래지신밟기, 동래고무, 동래한양춤 등을 전승하고 있으며 매월 일요일마다 전수교육이 이루어지고 있다고 한다. 부산민속예술관 앞마당에는 마당놀이를 관람할 수 있도록 둥근 마당에는 계단이 층층으로 둘러져 있어 공연을 할 때 한번 와보았으면 하는 마음을 갖게 해준다.

부산민속예술원 맞은편에는 해양자연사박물관이 있어 주말에 아이들을 데리고 나들이 나온 가족들이 보인다. 입구에는 거대한 공룡이 세워져 있어 아이들이 공룡 아래에서 사진 찍기에 여념이 없다. 지하 1층, 지상 3층의 건물에 세계 100여종의 희귀종, 대형종, 한국천연기념물, 한국특산종 등 약 2만여종의 바다생물표본 자료가 있어 한번쯤 들러보면 좋을 곳이다.

공원 입구부터 볼거리가 이어지고 있는데 공원의 크기를 가늠할 수 있다. 주변엔 사월의 철쭉이 우람한 소나무숲 사이에 비단을 깔 듯 흐드러지게 피어있다. 그냥 산책을 즐기기에도 흡족한데 갖가지 볼거리들이 있으니 자꾸 발걸음을 멈추게 한다. 숲에서 나는 자연의 풀향이 코끝을 스치며 청량함으로 온 몸의 세포를 살아나게 한다.

조금 더 걸으니 금정사 사찰이 나오고 몇 걸음만 더 발걸음을 옮기면 동래의총이 보인다. 임진왜란 때 송상현 공과 함께 동래를 지키다가 순사한 군, 관, 민의 유해를 거두어 모신 곳이다. 이 나라를 지키기 위하여 얼마나 많은 조상들의 목숨을 앗아갔는가. 그렇게 지켜진 이 나라의 산은 모두 금강인 것 같다.

금강공원은 입구부터 우리의 역사와 문화가 보존되고 지켜지기 위하여 조성된 단순히 산책만을 할 수 있는 곳이 아닌 거룩함마저 느끼게 하는 소중한 곳이다. 불과 100m를 걸어나가는데 볼거리가 많아 발걸음을 더디게 한다.

동래의총

이런 공원에 동래에서 살다간 문인들의 글을 시비로 세웠다. 여러 장소에서 시비를 만나지만 특히 금강공원은 유구한 역사를 지니고 문화와 더불어 숨을 쉬어온 장소여서 특별한 곳이다. 문학의 향기가 후대까지 짙은 감회로 남으리라.

아득한 그리움은 새와 바람과 구름으로 흘려보내고
– 정운 이영도 시비

산책로를 따라 이곳저곳을 기웃거리며 걷다보면 케이블카 타는 곳 가까이에 정운丁芸 이영도李永道의 시조비時調碑가 있다.

어떤 시인은 소나무가 구부러져 멋스럽게 서 있는 것을 보고 '연기하듯 서 있는 소나무'라고 표현했다. 그런데 정운의 시비가 있는 주변의 소나무들은 유독 구부러져 있다. 비스듬히 서서 아슬한 느낌마저 주는 것도 있다. 잔가지들도 바람에 많이 흔들린 듯 흐르고 있다.

그늘에 앉은 시비는 초연하고 외로워 보였다. 소나무도 기대고 싶어 몸을 잔뜩 구부려 쉴 곳을 찾고 있었다. 사람 역시 자신이 태어나질 곳을 원해서 태어나는 사람은 없다. 어떤 억겁의 인연이 닿아 태어나는 곳이 인연이 되고 만남이 되고 이별이 되는 것이다. 이 시비가 앉은 자리 또한 주변의 나무와 풀들과 작은 돌까지 정운과 인연이 닿았으리라. 솔가지 떨어져 폭신하게 쌓인 바닥엔 폭 삭은 정운의 가슴이 앉아 머무르고 있는 것 같았다. 그리고 그 가슴에서 우러나오는 정갈한 기품이 우리도 마지막까지 잘 살라고 이야기 하는 것 같다. 어느 곳에 머물러 있어도 각자의 삶은 외로워 몸부림치는 것이 사람이 아닌가. 그러나 대쪽같이 맑았던 정운의 삶은 무게가 느껴진다.

시비에는 새와 구름이 떠 있다. 아마도 이영도의 삶을 상징하였으리라. 시비 아래쪽은 강물이 흐르는 것처럼 조각이 되어 있다. 아무것도 머무르지 않고 흐르는 대로 살았던 그녀의 생애가 단정했던 까닭인가. 황진이의 맥을 이은 현대 시조 시인이라고 불리웠던 것처럼 이영도의 시도 오랫동안 후손들에게 전해지겠다는 생각이 든다. 시비에는 세편의 시조가 쓰여 있다.

「단란」
아이는 글을 읽고 나는 수를 놓고
심지 돋우고 이마를 맞대면
어둠도 고운 애정에 삼가한듯 둘렀다.

「석류」
다스려도 다스려도 못 여밀 가슴속을
알 알 익은 고독 기어이 터지는 추정秋晴
한 자락 가던 구름도 추녀 끝에 머문다.

「모란」
여미어 도사릴수록 그리움은 아득하고
가슴 열면 고여 닿는 겹겹이 먼 하늘
바람만 봄이 겨웁네 옷자락을 흩는다.

시를 읽으니 청마 유치환과의 사랑이야기가 떠오른다. 오랫동안 이어진 청마의 구애는 지금도 아름답게만 느껴진다. 진정성이 가득한 간절한 마음 앞에서는 질타를 할 수가 없다. 오히려 안타까움과 이런 아름다움은 인간에게서만 느낄 수 있는 휴머니티이기 때문이다. 성실한 가톨릭 신자였던 이영도는 세간의 이목이 몹시 따가웠으리라.

오늘처럼 파란 하늘 위로 구름 너머 또 구름으로 아득한 하늘로 치닿는 그리움. 가슴은 숨어서 열 때 고이는 눈물로 옷자락은 흩는다 노래했다.

청마가 보낸 편지가 오천통에 달하고 이 중 이백여 편을 추리고 추려 ≪주간한국≫이 이들의 아프고도 애틋한 관계를 단행본으로 엮어 ≪사랑했으므로 나는 행복하였네라≫를 발간했다.

경북 청도에서 의명 학당이라는 사립학교를 세운 할아버지 혜강 이규현은 고명한 한학자였고, 아버지는 군수를 지낸 부유한 가정에서 엄격하게 자란 정운은 흔들리는 자신을 얼마나 곧추세우려 애썼을까 짐작이 간다. 또한 이영도는 타고난 문장력과 뛰어난 총명, 곧은 성격의 소유자였다. 1935년 20살에 대구의 부호였던 박기주와 결혼하여 딸 하나를 얻었으나 이내 사별하였으므로 해방이 되었어도 청상과부라는 슬픔에 잠겼고 충격이 컸으리라. 이 후 결혼 전에 쓰다가 덮어두었던 시조를 다시 쓰기 시작했고 통영여자중학교에 수예선생님으로 부임하면서 청마와 만나게 되는 운명을 맞이하게 되었다. 이영도는 1945년 12월 『죽순』지에 〈제야〉를 발표하면서 문단에 나오게 되었다. 그녀의 삶은 널리 알려진 대로 굴곡이 많았으며 1955년 부산 성지여고로 임지를 옮겼고 온천장 부근에 주택을 마련하여 당호를 '애일당'으로 지었다. 이영도 시비가 이 공원에 세워진 인연이 되었다. 첫 수필집『춘근집』을 발간하여 주목을 받았고 같은 해『비둘기 내리는 뜨락』이라는 두 번째 수필집을 발간하는 등 열정의 시간을 보내기도 했다. 1967년 좌천동에서 청마 유치환이 불의의 교통사고로 유명을 달리하자 이영도의 슬픔과 충격이 얼마나 컸었는지 남긴 글을 통해서 유추가 가능하다.

1967년 그녀가 거주하던 애일당을 떠나 서울 영등포로 자리를 옮긴 후 1976년 3월 6일 59세로 짧은 생을 마감했다. 1996년 부산일보 김상훈 사장과 부산문인협회가 이영도시인의 문학 세계를 기리고자 생전 시인이 머무르던 곳 가까이에 시비를 조성하였다고 한다.

시비에 흐르는 새와 구름과 강물은 참으로 애틋하지 않을 수 없다.

가르침이 살아있는 따사로운 뜨락

– 향파 이주홍 시비

이영도 시비를 지나면 케이블카 타는 곳이 보이고 둥글게
난 아래 길로 내려오면 이주홍 시비가 얼굴을 드러낸다.

그런데 시비가 비탈길에 세워져 있어 아무 생각 없이 지나다
가는 눈길이 닿지 않아 그냥 지나치기 쉬운 곳에 위치해 있어 안
타까운 마음이 들었다. 시비 주변엔 향파의 시비만큼 커다란 돌
들이 같이 있어 시비가 얼른 눈에 들어오지 않는다. 더구나 위
쪽으로는 그물망이 둘러져 있어 경관마저 좋아 보이지 않는다.

눈길이 머문다는 것은 주위보다 눈에 띄거나 특이한 점이 있어서일 게다. 이런 점에 있어서 향파의 시비는 조건이 좋지 않다. 시비 크기만 한 바위가 주변을 채우고 있어서다. 그런 바위를 걷워 내고 주변을 깨끗이 하면 시비가 쉽게 눈에 들어오지 않을까 싶다. 좀 더 정돈된 곳에 놓여 있었다면 하는 아쉬운 생각이 첫 번째로 드는 생각이었다.

살아생전에 향파는 이 공원에 자주 산책을 나왔다고 했다. 도심에 있으나 이 공원에 들어오는 순간 지금보다 더 솔향이 가득했을 것이다. 조금만 걸어도 머리가 맑아져 옴을 느끼게 된다. 녹색 솔가지 사이로 하늘은 유난히 파랗게 보이는 전형적인 한국의 산자락이다.

향파는 이곳을 거닐며 파릇하고 구김 없는 시심을 가슴에 다스렸으리라. 소나무의 기상처럼 곧은 마음으로 제자들을 대하는 자세를 다스렸으리라. 글을 쓴다는 것은 끝없이 마음을 다스리는 일. 향파는 이 공원을 오르내리며 작은 꽃, 잡풀 하나까지 눈에 담았을 것이다. 그리고 끊임없이 동심의 마음을 지니려 참된 인간을 연모했으리라.

어떤 장르의 글을 쓰던 동시가 주는 의미는 언제나 작가에게는 예사롭지가 않다. 고정관념의 시야를 확트인 푸른 초원으로 끌고 가기 때문이다.

금강공원이 있는 이 금정산은 낮지 않은 산이다. 산꼭대기로 올라가면 남문으로 이어지고 산성이 축조되어 있는 부산을 지키는 요새가 되었던 곳이다. 지금은 케이블카로 쉽게 오를 수 있지만 예전에는 두 시간을 꼬박 등산해야 오를 수 있었을 것이다. 오후 시간 등산복 차림의 사람들이 내려오는 것을 보면 지금도 운동 삼아 산행을 즐기는 사람들이 많은 것을 알 수 있다. 향파 역시 가파른 산길을 오르고 내리며 푸른 숲 속 맑은 솔향으로 호흡을 했으리라.

향파의 시비가 있는 주변을 잘 정리하여 시민들의 발길이 머물러 오며가며 그의 시를 읽으며 명상을 하는 시간이 되었으면 좋겠다는 생각이 든다.

향파 이주홍(1906~1987)은 경남 합천군 합천읍 금양리 사동에서 태어나 1918년 합천 보통학교를 졸업한 뒤 고향에서 연극과 문예 문집, 신문 편집 등의 활동을 거치면서 1925년 19세 나이로『신소년』에 투고하였다. 그는 이십대에 잠깐 일본으로 건너가 동경의 정칙 영어학원에서 학업을 이어나갔고 졸업 후에는 히로시마로 건너가 사립근영학원을 설립하고 교무주임이 되어 조선인 아이들의 교육에 힘썼다고 한다.

그가 문인으로 자리를 잡게 된 것은 1929년 조선일보 신춘문예에 단편 〈가난한 사랑〉이 선외작가로 입선되면서부터였다. 1930년 프롤레타리아 문학운동에 참여하여 활동하였고, 1943년에는 희곡 〈여명〉을 발표하였다. 1947년 여름 서울 생활을 정리하고 부산으로 내려와 현재 동래고등학교에 교사로 부임. 1949년 9월부터는 부산수산대학(현 부경대학교)으로 자리를 옮겨 1972년까지 재임하였다. 1958년에는 부산아동문학회를 결성하였고, 1965년에는 동인지 『윤좌』를 창간하고 또한 1978년 동인지 『갈숲』을 창간하여 활발한 문필활동을 이어나갔다.

〈이주홍문학상〉은 부경대학교 전신인 부산수산대학교의 제자들이 뜻을 모아 제정하여 시행해오고 있는데 그만큼 제자들은 이주홍이라는 스승을 존경하는 것이 아닐까. 이런 관점에서 향파는 성공한 삶이었고 존경받을만한 작가라고 생각한다. 이주홍은 시, 소설, 희곡, 아동문학, 수필, 고전번역에 걸쳐 엄청난 양의 작품을 발표하고 펴낸 책만 해도 창작집과 교과용 도서를 포함하여 200여 권에 이른다. 제자들 뿐만 아니라 많은 후배 문인들에게도 귀감이 되신 분이셨다.

여기에서 그리 멀지 않은 곳에 있는 그의 생가가 지금은 '이주홍문학관'으로 문을 연 이유도 아마 향파의 체취가 밴 문학의 산실이 이곳 동래구에 있기 때문일 것이고 금강공원에 그의 시비가 있는 것은 너무도 당연하다.

천천히 시비를 읽어 본다.

「해같이 달같이만」

어머니라는 이름은

누가 지어 내었는지 모르겠어요

어 · 머 · 니 · 하고 불러보면

금시로 따스해 오는 내 마음

아버지라는 이름은

누가 지어내었는지 모르겠어요

아 · 버 · 지 · 하고 불러보면

오 오–하고 들려오는 듯 목소리

참말 이 세상에선

하나밖에 없는 이름들
바위도 오래 되면 깎여지는데
해같이 달 같이만 오랠
엄마 아빠의 이름

　공원을 걸으며 시비에 쓰인 정이 뚝뚝 묻어나는 엄마 아빠의 이름을 다시한번 생각하며 걷는다. 언제나 그립고 평화로운 이름이 아닌가. 그 이름은 실존에 대한 의미를 부여하는 제일 첫 번째 이름이다. 햇살은 따사롭고 소나무 사이로 피어난 꽃들은 변함이 없으니 자연 속에서 불러보는 엄마 아빠의 이름이야말로 한결같은 사랑이다.

　산책을 하며 걷다가 시를 읽으며 잊혀졌던 사람들을 생각해내는 것도 마음의 양식을 쌓는 일이니 푹 쉬고 난 오후 공원을 거닐어 볼 일이다.

　우거진 숲이 이어지고 걷기에 편한 산책로는 어른 아이 할 것 없이 편안하고 쾌적하다. 중간중간 산 위로 오르는 길도 이어지고 편안한 걷는 길도 이어진다. 어느 길이든 솔향기 가득한 산길에선 마음에 불어오는 바람따라 무작정 걷기에 족하다.

말간 아름다움 속에 철학은 꽃처럼 피어

– 최계락 시비

　이주홍 시비를 따라 아랫길로 걷다보면 시인이자 아동문학가인 최계락 시비가 얼굴을 보인다. 향파와 정운의 시비보다 가장 눈에 잘 들어오는 자리에 앉았다. 검은 대리석에 흰 글씨로 쓰여 있어 눈에 잘 띄기도 하지만 쭉 뻗는 길이 아니라 살짝 옆으로 돌아가는 자리라서 시비가 눈앞으로 다가오는 효과가 있다.

　이 시비를 보며 시민들 눈에 잘 뜨이도록 시비 놓는 자리를 심사숙고하여 놓았으면 좋겠다는 생각을 했다.

「꽃씨」라는 제목 또한 이 자연과 잘 어울려 발길이 자연스레 머문다. 꽃씨 속에 왜 파란 잎이 너울거리고 꽃도 피어있고 노란 나비 떼가 숨어 있는 것일까 생각하면 금세 미소가 떠오른다.

꽃씨 속에 우주가 있는 것이다. 삶이 피어나 생명이 길러지는 것이다. 그러니 이 곳의 자연을 어찌 그냥 지나칠 수 있으랴. 자연은 살아 숨을 쉬고 있으며 숨 쉬는 자연 안에 내가 걷고 있는 것이다.

살아있음의 신비는 우주의 신비이며 신의 선물이다.

살아있음을 결코 가볍게 여기지 말라.

타박타박 걸으며 공원 안을 둘러보다 만난 시비를 읽으며 시인의 삶 안에서 녹아내린 시가 위로가 되고 가슴에 단비가 되었으면 한다.

「꽃씨」

꽃씨 속에는
파아란 잎이 하늘거린다.

꽃씨 속에는
빠알가니 꽃도 피어서 있고

꽃씨 속에는
노오란 나비 떼가 숨어있다.

그의 시를 읽으면 참 맑다. 세상의 순수와 말간 아름다움에 미소가 절로 지어진다. 허나 한 발짝 더 나아가면 철학이 숨어있다. 시 안에 우주의 모습이 그대로 녹아있는 것이다.

시인의 마음이 부럽기 그지없다. 그리고 그가 세상을 바라보는 눈은 어찌 그리 애정이 듬뿍 담겨 있는가. 원초적인 사랑이 이런 글을 쓰게 하나보다.

그리고 최계락의 시를 읽으며 천재성과 삶의 곧은 자세를 지니려 애를 쓴 사람들은 단명하는 안타까움을 느끼게 할 때가 간혹 있다. 다른 사람보다 더 많이 애쓰고 초연한 자세를 유지하기 위해 옹심을 버리며 살았기 때문일까 하는 생각을 해본다. 최계락 역시 마흔살의 나이로 이 세상을 하직했기 때문에 든 생각이었다.

최계락은 1930년 9월 3일 경남 진주시 지수면에서 태어났는데 1943년 진주중학교 때부터 문예신문에 동요 〈고갯길〉을 발표하고 『봉화』지에 〈보슬비〉, 〈해저문 남강〉을 발표하는 등 천재성을 보였다고 했다. 이중 〈보슬비〉는 초등학교 교과서에 실리기도 했다. 1947년 진주고등학교 재학 시 『소학생』지에 동시 〈수양버들〉이 추천을 받으며 등단하게 되었다. 졸업 후 경남일보에 기자가 되었고 여러 잡지 등의 편집을 맡으며 활동하다가 1956년 국제신문에 입사하면서 동시와 시인으로서 가장 열정적인 삶을 살았다. 향파 이주홍과 함께 부산아동문학회를 결성하고 부산 아동 문학의 초석을 다졌다. 그의 삶은 순수하고 투명하고 꾸밈없는 작품처럼 삶도 순수하고 인정 많고 베풀기 좋아하는 청빈한 삶을 살았다는 평가를 받는다. 1970년 마흔살의 짧은 생을 간암으로 떠나게 되었다. 2001년부터 동생 최종락이 〈최계락문학상〉을 제정하여 국제신문사와 공동으로 시행하고 있다. 이 시비는 부산문인협회와 국제신보사의 주최로 1971년 7월 3일 건립되었다.

1952년 『문장』에 시 〈애가〉가 발표되고 1957년 번역소설 『알프스의 소녀』가 발간되었으며, 1959년에는 시집 『꽃시』,

1966년 시집 『철뚝길의 들꽃』이 발간되고 최계락 10주기 추모사업회에 의해 추모시집 『외갓』이 발간되었다.

시비를 돌아 나오며 남는 아쉬움

금강공원을 한 바퀴 돌아나 오며 이 지역 역사의 뿌리와 문화의 명맥이 이어지고 있는 소중한 곳이라는 생각이 강하게 와 닿는다.

그러나 공원의 규모가 산을 끼고 있어서 넓은 면적임에 비하여 시비가 몇 개 되지 않는다. 또한 시비가 놓여 있는 위치와 주변 환경이 아름답지 않다는 생각이 든다. 좀 더 시민들의 눈에 띄는 곳에 놓여 있다면 좋을 것이라는 생각이 들었다. 공원 중간 중간 쉼터도 있고 쉬는 의자가 놓인 곳에 시비가 있다면 잠시 쉴 때 시비의 글이 자연스레 눈에 들어와 좀 더 문학과 가까워지는 계기가 될 것이다. 더구나 금강공원은 등산로 때문에 걷기에 바쁜 사람들이 많아 유심히 살피기 전에는 시비가 눈에 잘 들어오지 않는다. 심지어 공원에 근무하는 분에게 시비의 위치를 물어보아도 잘 모르겠다는 답변을

들을 수 있었다. 그만큼 눈에 들어오지 않는 곳에 위치해 있어 그렇지 않을까 하는 확신이 들었다. 습한 자리도 피해야겠다. 바위에 이끼가 끼어 음침한 느낌이 들게 하는 것도 있었기 때문이다.

동래구에 많은 문화재가 산재하여 있는데 구청이나 이곳에서 오래 거주한 분들에게 수소문을 해보아도 금정공원 말고는 시비를 못 보았다고 했다.

문학은 지성이고 감성을 표출하여 인간의 마음을 어루만져 주는 아름다움의 결정체이다. 이러한 정신을 존중하고 확대하여 나가는 정신의 일환으로 시비를 건립했다면, 좀 더 심사숙고하여 시민들을 살찌우는 보람된 일이 되었으면 한다.

부산의 역사와 문화의 보물인 금강공원의 의미를 되새기며 동래구에서 뿌리를 내린 문인들의 시비에서 다시 한번 문학의 소중함을 느낀다. 가슴에 절절히 와 닿는 글은 역시 사랑이 가득한 마음에서 시작된다.

금정산 줄기를 따라 내려오는 계곡에서 불어오는 바람은 투명하고 나무들은 오래된 신선 같고 그 아래 꽃들은 형형색

색으로 피어 세상을 밝게 한다.

금강공원은 문화와 예술, 자연이 어우러진 자랑할 만한 장소이다.

가끔은 책 속에서 틀어박혀 있지 말고 밖으로 나와 자연과 더불어 동산에 앉아있는 시비를 읽어보자.

이 또한 찬란한 기쁨이지 않는가.

이끼가 숨을 쉴 때마다

그 돌은 어쩌면 살아있다고 경이로워했을 것이란 생각이 든다.

이끼가 살그머니 다가와 말을 걸기 전까지

그 돌은 외롭고 추운 정적의 시간을 견디고 있었으리라.

Contents 4

숨 쉬는

숨 쉬는 돌

그날 돌이 숨 쉬는 모습을 보고 침묵의 아름다운 시간을 만날 수 있었다.

'천사가 지나가는 시간'이라는 말이 있다. 사람들 사이에 대화가 갑자기 끊기고 낯선 정적이 흐르는 잠깐의 순간을 독일어나 불어에서 '천사가 지나가는 시간'이라고 표현한다고 한다. 짧든 길든 그 시간은 침묵이 지배하는 시간이다. 지성의 시간. 잘 숙성된 침묵은 인내의 달콤한 열매를 맺게 할 때가 많다. 달리 말하면 선한 여백의 공간이라고 할 수도 있는 시간이다.

친구가 시골에 촌집을 샀다. 나더러 주말농장처럼 텃밭을 가꾸라고 한다. 남창 장날에 가서 호미, 비료, 검은 비닐 등을 사왔다. 따뜻해진 봄, 비가 온 다음날을 택하여 상추씨를 뿌렸다. 고추 모종을 사와서 앞마당 한 켠에 잘 심고 검은 비닐을 덮어 주었다. 앞마당 장독대 위에 앉아 있는 돌을 들고 와 비닐이 날아가지 않게 1미터 간격으로 올려놓았다. 친구 역시 촌집에는 현역 교사라 주말이 되어야 갈 수 있다.

상추씨를 뿌리고 고추도 심었지만 나는 일주일마다 매번 가지 못했다. 어쩌다 가서 보면 친구가 주말에 와서 내 밭에도 물을 주었다는데 상추가 뻣뻣하니 크기도 작아 아마도 물을 양껏 먹지 못하는 것 같다는 생각이 들었다. 앞마당이 워낙 넓은데다 하루종일 볕이 들어 자주 물을 주지 않으면 늘 목이 마를 것 같았기 때문이다.

친구는 뒷마당에 상추를 심었는데 오후엔 그늘이 져서 그런지 그 집 상추는 보들보들하니 잎이 크고 맛도 좋았다. 윤기는 또 얼마나 반지르르하게 흐르는지 식욕이 당겼다. 집에 올 때는 내 밭의 것과 함께 친구의 상추도 같이 뜯어 온다. 그렇게 앞마당과 뒷마당을 오가며 밭을 가꾸다 보니 일기예보에 따라 가끔 돌 쓸 일이 생긴다. 앞마당 장독대에 앉아 있는 돌들을 사용할라치면 차츰 더워지는 날씨에 고열에 시달리는 듯 어쩌다 들어보면 뜨겁기 이를 데 없다. 된장 담글 때 메주가 잠길 수 있도록 사용할 길쭉하고 둥근 돌들과 보기에 잘생긴 돌들만 볕이 잘 드는 쪽으로 옮겨 놓았다고 했다. 그런데 뒷마당 담장 밑에 아무렇게나 버려져 뒹구는 돌들은 울퉁불퉁 못생긴 것들이었다. 그래도 텃밭에 한번씩 사용하기에는 무리가 없어 던져놓은 돌들이다. 그나마 뒷마당 그늘진 담장 밑에 쭈그리고 앉은 돌에는 아예 관심을 두지 않았다. 관심을 두지 않으니 그 돌들이 눈에 들어올 리가 없었다. 하루는 텃밭 일을 끝내고 다같이 점심을 먹을까 싶어 상추를 뜯으러 뒷마당에 갔다가 운동화가 미끄러져 자빠질 뻔 했다. 가만히 발밑을 내려다보니 파랗게 변한 돌이었다. 담장 밑에 납작 엎드려 있던 돌이었다. 늘 찬기에 어두웠는데 어느 날 이끼가 살금살금 자리잡더니 파란 생명력으로 태어난 것이다. 파랑게 숨을 쉬며 조용히 이슬을 나누어 먹고 있는 것이었다.

돌이 숨을 쉬고 있었다. 한참을 바라보았다.

아무렇게나 던져진 돌. 그냥 뒷담장 아래 버려진 돌이다. 습기가 많은 담장 아래 웅크리고 앉았다가 이끼를 받아들였다. 제 몸을 감싸며 이끼가 살아가도록 내어준 것이다. 이끼가 숨을 쉴 때마다 그 돌은 어쩌면 살아있다고 경이로워했을 것이란 생각이 든다. 이끼가 살그머니 다가와 말을 걸기 전까지 그 돌은 외롭고 추운 정적의 시간을 견디고 있었으리라.

이십 년 전이다. 아이들은 대학을 앞두고 있었으니 열심히 돈을 벌 때였다. 투잡도 마다하지 않았다. 그러니 나의 얼굴에는 생기가 없었다. 오랜만에 만나는 친구들은 나를 보며 하나같이 얼굴이 까칠하다고 말했다. 생계를 책임져야 하는 나로서는 그런 말에 아랑곳할 여유가 없었다. 그러던 어느 날 오래 전에 소식이 끊겼던 친구에게서 연락이 왔다. 한없이 명랑하고 긍정적인 성격을 가진 친구다. 그 친구는 만나면 밥을 먹고 간단히 맥주를 마신다던지 하면서 유쾌한 이야기만 하며 나를 웃겼다. 내가 어떻게 살고 있는지 어려움은 없는지 아무것도 묻지 않았다. 자연히 그 친구를 만나는 횟수가 잦아졌다. 편안한 마음으로 만나 그저 웃다가 집으로 돌아오는 길이 삶의 활력소가 되었다. 위로해 준다고 요즘의 근황을 이것저것 물어보는 친구들은 진심으로 고마울 때도 있었지만 때로는 또 다른 사람의 입으로 나의 삶이 덧칠해져 아득한 마음을 갖게 할 때도 있었기 때문에 그런 친구들 앞에서는 차츰 입이 다물어졌다.

명랑하고 긍정적이었던 친구라고 해서 나의 삶을 모를 리가 없다. 돌이 되어버린 심장에 자신의 살을 맞대며 살갑게 수다를 떨고 때로는 반문이 짓도 마다하지 않은 친구의 영민함. 덕분에 지금도 나는 가볍게 숨을 쉰다.

지금은 다른 나라에 가서 살고 있는 그리운 친구의 환하게 웃던 얼굴이 이끼 낀 돌을 바라보고 있는 것 같다.

'그래 잘 살고 있니......'

물기 머금은 이끼가 돌을 간질이는 정적이 흐른다.

어라, 파란 하늘이 명경明鏡이다.

뒷산에 나무 청청히 일어선다.

레일의 평행선

나의 집은 허공에 매달려 있다. 높이 오를수록 값나가는 집의 정체. 나의 창문들은 색안경을 쓴 간첩 같다. 날아다니는 새들보다 더 흙을 적게 밟는다. 단 한 개의 흙알갱이 없는 공간. 등산할 때처럼 허파의 강한 박동을 감수하며 오른 마중물이다. 흙이 없으니 물이 나지 않는 곳. 분명 허공에 붕 뜬 몸이라 무너지면 그만인 내 몸의 실체다. 내 몸이 춤을 춘다. 거인의 손에 놀아나는 힘없는 집의 향기. 검은 손을 가진 괴물. 거인이 거머쥔 손아귀가 허공을 휘젓는다.

엘리베이터가 '점검 중'이란 글씨를 붙여놓고 운행정지가 되었다. 십육 개의 계단을 오르고 돌아 다시 십육 개의 계단을 올라야 한 층이다. 두 집씩 마주보고 이십 칠층이니까 집주인은 적어도 오십 네 명이다. 삼 년을 살았는데 기억나는 얼굴은 다섯 명도 안 된다. 무심한 탓일까 생각해 본다. 그럼 내게 나머진 투명 인간인 셈이고 그들에게 나도 투명 인간일 뿐이다. 투명 인간은 자유로움이 치명적 매력이 아닌가 하는 생각이 들어 헛웃음이 나왔다.

집을 드나들며 하루에도 몇 번씩 엘리베이터를 타게 된다. 그 작은 공간에서 사람들을 만날 때마다 목례를 한다. 서로 알든 모르든 "안녕하세요" 혹은 "안녕히 가세요"하는 인사를 주고받는다. 하지만 정확히 그들이 몇 호에 살고 있는지엔 관심이 없다. 교양 있는 것처럼 인사를 주고받을 뿐이다.

집 안으로 들어가 소파에 기대어 앉는다. 허공에 들어앉은 가구들이다. 허공에 말을 걸고 붕 뜬 소파 위로 지친 다리를 밀어 올린다. 내가 사는 윗층에도 아래층에도 사람들은 비슷비슷한 자세로 있을 것이다. 벽돌 쌓아놓듯, 생선상자에 고등어 쌓아놓듯 사람들은 더욱 높다랗게 쌓아 가며 살고 있다. 그리고는 아랫집은 항상 윗집 때문에 시끄럽다고 투덜거린다. 오밤중에 화장실에서 물 내리는 것조차 조심스럽다. 거실, 주방, 안방, 작은방, 화장실 모두 같은 위치에 있다. 나란한 부동자세다.

이런 우리에게 어느 날 멈춤이 찾아왔다. 누구도 예측하지 못했던 코로나로 인한 팬데믹이다. 모든 것을 다 멈춰야 살아남을 수 있었던 그 시간들. 아파트 엘리베이터에 이런 알림 공지가 붙었다. 팬데믹으로 바깥으로 외출을 자제하는 요즈음 윗층의 소음이 공해일 수 있겠으니 서로를 이해하면서 불편하더라도 참아냄으로써 서로 얼굴 붉히는 일을 줄이도록 하자는 권고문이었다. 내가 사는 윗집 역시 초등학생 두 명이 있어 쿵쾅거리는 소리가 심했다. 하지만 학교도 가지 못하는 아이들이 에너지를 발산할 데가 어디 있겠는가 싶어 무한한 인내심이 필요했다. 멈춤은 일종의 침묵이다. 정작 사람과 사람 사이에 필요한 선한 거리. 말을 하지 않는 것뿐 아니라 너의 존재를 객관적으로 바라볼 수 있게 해준 눈인사였다.

정선에 레일바이크를 타러 갔다가 기차역에 흐드러진 핑크뮬리를 보았다. 분홍색 산발치고는 너무나 고혹적이었다. 서로 뒤엉켜 어디서부터 어디까지가 한 나무인지 알 수가 없다. 환상의 세계로 빠져드는 느낌이다. 분홍 구름이 넓게 펼쳐져 몽환적 분위기에 젖게 한다. 아름다운 세계에 들어온 것 같은 착각을 느끼게 하는 이 꽃나무는 절대로 뿌리를 옆으로 뻗지 않는다고 한다. 가는 가지를 옆으로 뻗어 서로 손을 부여잡으며 엉켜 사는 것처럼 보일지라도 실은 한 발도 곁을 주지 않는 나무인 것이다. 보이는 곳에선 서로 손이 엉키도록 부여잡으며 화사함을 드러내지만 발은 한걸음도 내어주지 않는 우리와 닮았다.

느티나무는 둥치가 매끄럽고 곧다. 높게 자라며 가지는 비스듬히 넓게 펼쳐진다. 이파리들은 작고 무성해서 아름답고 잘 생긴 나무다. 따라서 많은 새들이 찾아 깃든다. 그런데 이 느티나무는 집단 식재시 간벌을 해주어야 한다. 너무 빽빽하면 서로 경쟁하여 말라 죽은 나무가 생기게 되기 때문이다. 그래서 죽은 나무는 베고 남은 나무가 잘 자라도록 해주는 간벌이 필요한 것이다. 따라서 혼합육을 권한다. 즉 느티나무 사이사이에 어릴 때 자람이 느린 상수리나무를 심어 주어야 좋다고 한다. 잘난 것들일수록 더 경쟁하는 건 사람만이 아닌 것 같다.

생의 울타리. 사람이나 자연이나 늘 평행선이다. 그러나 멈춤의 시간은 따뜻한 간격 속에 머물러야 한다. 엘리베이터를 타며 곁에 선 사람들을 찬찬히 익혀본다.

'쉼'

　태풍이 간접 영향권에 들어섰다. 태풍 하기비스의 영향으로 바다는 사나운 바람에 한걸음 떼기조차 힘들었다. 갑자기 동해바다가 보고 싶었다. 간절곶으로 향했다. 아무도 없을 줄 알았던 곳에 사람들이 있었다. 혼자서 혹은 둘이서 옷깃을 감싸며 뜨문뜨문 바다를 향해 서 있다.

　간절곶의 너른 잔디밭에도 한무리의 사람들이 모여 있다. 바람이 옷을 사정없이 후려치는 통에 몸을 웅그리면서도 즐거워 한다. 태풍을 뚫고 여행하는 사람들이다. 웃으며 신나게 사진을 찍는다. 이들 뒤로 병풍처럼 둘러서 있는 소나무들 가운데 작은 소나무 하나가 뿌리째 뽑혀져 누워있다. 사나운 태풍의 거센 반항에도 웃고 떠드는 사람들의 표정은 그저 여행이 주는 힐링을 만끽하고 있다고 느껴진다. 가이드는 마이크가 여의치 않자 큰소리로 안내를 열심히 하고 있다. 그의 노고에 박수를 보내고 싶을 지경이다.

나무들은 가지끼리 비벼대느라 치지직 소리가 요란하다. 그동안 간지럽히고 괴롭혔던 거미줄이나 먼지들이 몸에서 떨어져 나가는 후련한 순간일 수 있겠다. 태풍이 지나가면 그만큼 가벼워지고 비워져 한동안 산뜻할 것이라는 생각을 하니 나도 비울 건 비우고 돌아가야겠다는 생각을 한다.

소나무 숲에서 주차장으로 가는 길에 늦가을 코스모스가 거센 바람에 눕다시피 부르르 떨며 웅크리고 있다. 커다란 소나무가 통째로 누운 판국에 코스모스는 가녀린 몸에도 뽑히지 않았다. 빨갛고 분홍빛이 어우러진 꽃의 얼굴은 한없이 청초하다. 꽃잎 하나 떨어져 나가지 않았다. 관광객들의 얼굴도 이 꽃과 다를 바 없었다. 거센 바람과 폭우에 강하고 약하고

의 차이는 별로 중요하지 않은 것이다.

해변 방파제 위로 빨간 등대 하나 서 있다. 파도가 엄청난 위력으로 등대를 밀어올릴 것처럼 덤비는데도 꿈쩍 않는다. 빨간 등대에 자꾸만 눈길이 간다.

내 생애 얼마나 많은 태풍이 지나갔는가. 지금까지 걸어오는 동안 나는 등대 하나 세워 놓았을까. 태풍이 지나가도록 온몸으로 파도를 맞으며 어두운 밤에 길을 잃지 않도록 밝혀주는 등대를 어디에 놓고 산 것일까. 나는 간혹 망망대해를 헤매기도 하고 저 흔들리는 나무들처럼 먼지나 거미줄을 스스로 떼어내지 못해 괴로워하기도 했다. 그저 바다는 늘 똑같은 것이라 여겼고 어느 한구석에 세워놓은 등대는 어디 있는지 잃어버렸다. 등대를 찾느라 내 머리 속은 태풍처럼 구석구석을 돌아다니고 있었다.

빨간 등대를 무심히 바라보는데 등대 하단에 그려져 있는 하트에 눈길이 갔다. 빨간색 바탕에 흰색으로 그려진 하트들이 비누거품처럼 날아다녔다. 그 모습을 보며 나의 등대는 역시 나를 사랑해주고 내가 사랑한 사람들이라는 생각이 들었다. 사랑을 주고받으며 함께 가졌던 소중한 시간들이 떠올랐다. 그들과 함께 한 시간은 '쉼'이고 '멈춤'이었다.

혜민 스님의 글이 떠올랐다.

음악이 아름다운 이유는

음표와 음표 사이의 거리감, 쉼표 때문입니다.

말이 아름다운 이유는

말과 말 사이에 적당한 쉼이 있기 때문입니다.

내가 쉼없이 달려온 건 아닌지,

내가 쉼없이 넘 많은 말을 하고 있는 건 아닌지,

– 혜민스님의 「멈추면 비로소 보이는 것들」중에서

태풍은 갑자기 불어오는 것. 지나갈 때까지 기다릴 수밖에 없는 존재다.

따지고 보면 내 인생의 8할은 모순이었다. 다만 그 모순의 간격을 줄이며 나이를 먹는 것일 뿐이다. 그 모순들은 또 다른 모순들을 만나며 거미줄처럼 얽혀 살아가고 있다. 모든 행성들이 거미줄처럼 규칙을 가지고 확장해나가듯 사람들 역시 그렇게 얽혀 산다. 그 휘몰아치는 순간에 너를 만나고 숨을 쉰다. 사랑이란 이름으로 세상을 극복하면서.

태풍의 위력에도 함께 여행하면서 천진한 웃음을 잃지 않는 사람들의 행복한 순간에 오롯함을 느끼는 날이었다.

찌그러진 사랑

　　주변에 도자기를 굽는 사람이 있어 네모난 접시 몇 개 부탁했다. 일주일 후에 찾으러 가니 색깔이며 도톰한 모양이 아주 마음에 들었다. 그런데 한 개를 더 주며 이건 잘못 구워진거라고 한다. 네모가 아닌 마름모 비슷하니 영락없이 찌그러진 네모였다. 웃음이 나와 둘이서 배를 쥐고 웃었다. 근데 자꾸 눈길이 갔다.

성서에 이런 이야기가 있다. 사마리아인들이 길을 가다가 예수를 만났다. 그들은 아픈 병자들이었다. 그들은 예수께 그들의 병을 낫게 해달라고 청하였다. 예수는 그들을 불쌍히 여기시어 그들이 집에 도착하기도 전에 그들의 병을 낫게 해주었다. 모두 열명이었는데 그 중에 감사하다고 돌아와 인사를 하고 간 사람은 한 사람 뿐이었다.

오래 전의 일이다. 내 가까운 주변에 사는 사람 중에 살림이 자꾸 팍팍해지는 사람이 있었다. 매달 카드 결제대금이 가까워 오면 돈을 빌려달라고 하였다. 나 역시 넉넉치 않던 시절이라 우선 빌려주고는 나의 카드 결제날이 가까워지면 돌려 받기를 자주 하였다. 마음속으로 이런 일을 얼마동안이나 계속해야 될까 걱정스런 마음이 들었다. 카드 결제가 미뤄지게 되면 신용불량자가 되는 것이고 대금을 빌려준 사람이 자칫 한달만 돌려주지 않아도 난감해지는 상황이 벌어지는 것이라 겉으로 티는 내지 않았지만 불편해지기 시작하였다. 마침 그 때 내가 직장을 좋은 곳으로 이동을 하게 되었다. 그래서 내가 있었던 자리에 취업을 시켜주고는 매달 카드값을 빌려주는 걱정을 덜게 되었다. 한 달에 한 번 모임이 있어 어디를 갈 때는 꼭 내 차에 동승하여 같이 데리고 가기를 십 년이 넘게 하였다. 그 때까지는 별 무리가 없었다. 그러다가 나이가 들수록 책도 많이 읽고 의미 있는 자신을 만들어 가라고 문인이 되어 보는 것이 어떻겠느냐고 권유하니 처음엔 내가 할 수 있을까 걱정을 하더니 글 쓰는 공부를 하기 시작했고 얼마 지나지 않아 등단을 하게 되었다. 그런데 그 때부터 그의 본 모습이 하나씩 튕겨져 나오기 시작했다. 문인이 되어 단체에 가입을 하고부터 그 단체의 감투를 쓰고 있는 사람들에게 잘 보이려고 노력을 하는 것이다. 곁에서 아무리 사람들과의 관계를 조심하라고 일러도 질투하는 것이라 여기는 양이었다.

감사할 줄 안다는 건 겸손을 뜻한다. 진정한 겸손은 아주 작은 감사에도 마음에 바람이 인다. 물결처럼 동그라미가 퍼져 나간다. 조용히 그러나 넓게.

병이 나아 예수님 앞에 엎드려 감사를 드린 그 한 사람은 그 감사를 잊지 않고 열심히 살았으리란 생각이 든다. 그러나 나머지 아홉 사람은 감사함 보다는 언제나 상황에 따른 이기심이 먼저이기에 어려움이 닥치면 또 다른 기적을 바랐을 것이다. 처음에 받았던 기적을 떠올리며 감사함으로 최선을 다해 살기보다는 늘 또 다른 기적이 자신을 살려줄 것이라는 막연한 기대감으로 노력을 덜하게 했을 것이다.

세상은 아이러니 하게도 감사함보다는 내적 이기심이 강했던 아홉 사람이 대다수의 사람들이다. 친구의 고마움을 고마움인 줄로 여기지 않았던 지인 역시 세상의 하고 많은 사람 중의 하나이지 특별할 것도 없다. 자신에게 일어난 기적도 자신이 운이 좋아 일어난 일이라 여기며 호시탐탐 행운을 잡으려는 사람, 높은 자리에 앉으려고 고마움 따위는 헌신짝처럼 버리고서라도 한 자리 앉겠다는 사람이 대다수인 세상이다. 근데 이 세상은 또 그들이 만들어 간다.

그들의 연약한 영리함은 진정한 행동을 하는 사람이 나타나면 어느새 추종자가 되어 격렬히 그 사람을 쫓아간다.

이런 그들을 또 함부로 판단할 수 없는, 때로 어처구니없는 세상이 펼쳐져 있고 우리는 그곳에서 한발자국도 빠져 나오지 못한다.

또한 예수는 그런 사람들을 사랑하라고 한다. 오른쪽 빰을 맞고서 왼쪽 뺨마저 내어주라고 한다.

아이러니한 세상인데 그 세상이 못생기고 찌그러져 있는데도 애정이 가고 사랑이 물처럼 흐르는 것을 본다. 완벽한 아름다움은 존재하지 않기 때문이다. 부족하여 뭐 하나 있어야 할 것 같은 작품에 눈길이 더 많이 가는 이치인가 보다.

잘못 구워져 찌그러진 그릇은 달콤한 다과를 담는 그릇이 되었다. 잘못 구워졌다기보다 독특한 예술품처럼 느껴진다.

찌그러진 세상이라야 사랑은 숨을 쉰다.

풍경 속 어촌 사람들

– 대변항에서

　　코로나19와 함께 코와 입을 가리고 산 지 벌써
일 년이 넘었다. 성공적인 방역에 대한 전 세계인들의 칭찬은
입이 아플 정도였다. 이런 와중에도 대한민국은 경제성장률
-1.0%를 기록하며 선방을 했다. 국내 굴지의 기업들과 제약
회사들이 전 세계의 주목을 집중시키며 신뢰도를 굳히고 있
다. 우리나라를 향한 많은 나라들의 주목을 지금처럼 받은 적

이 있었던가. 힘든 가운데 우리 국민들의 정체성은 높아졌다. 서양에 대한 막연한 열등감도 사라졌다. 잘 사는 나라들이 안주하고 있는 동안 우리가 얼마나 쉴새없이 달려왔고 온 힘을 다해 노력했었는지를 돌아보며 어려울 때 서로 돕는 우리의 정서가 얼마나 가치가 있는 일이었는가를 경험했다. 또한 K-POP, K-Drama 등이 넷플릭스를 통해 전 세계인의 사랑을 받으며 그들의 안방으로 침투하기에 이르렀다. 코로나19가 오히려 큰 틀에서 보면 대한민국의 위상을 널리 알리게 된 호재가 되기도 한 셈이다. 그러나 수많은 자영업자들의 힘듦과 삶의 피곽함 또한 바라보는 사람들의 가슴을 아프게 했다.

각종 모임과 지인들과의 즐거운 친목도 커튼을 내려친 채 시간은 흘렀다. 가족과의 친밀감이 어느 때보다 두드러졌으며 시선을 안으로 모으는 계기도 되었다. 답답한 시간은 가끔 드라이브로 달래며 자연과의 친화력을 높였다. 외식을 줄이는 시대에 힘입어 TV에서는 음식을 조명하고 만드는 방송이 대박을 이어 나갔다.

지루했던 시간은 어느덧 새 봄이 활짝 문을 열고 다가오고 있었다. 매화도 피고 헐벗었던 나무에 푸른 기운이 돌았다.

바다를 끼고 사는 부산에서 봄이 되면 활기찬 항구가 생각난다. 그 중에서도 대변항은 팔팔 뛰는 멸치잡이의 풍경을 빼놓을 수 없다. 대변항으로 나가보자.

바다와 하늘과 태양의 눈부심. 서로 바라보는 시선이 푸르르게 곱다. 언제나 같은 움직임으로 서로를 밀고 당기는 힘으로 살아가는 신비체.

저들의 깊이와 넓이를 누가 감히 헤아릴 수 있으랴. 때로 하늘은 번개와 천둥으로 바다는 울렁이는 파도로 화답함으로써 서로에게 다가가기도 한다.

저들이 만들어내는 우주의 조화에 나의 영혼은 오늘도 길을 떠나고 둥둥둥 북소리로 가슴을 두근거리게 한다.

　오늘도 바다에는 바다에 기대어 살아가는 많은 이들의 땀이 흐르고 있다. 태양은 뜨겁게 내리쬐는데 멸치를 잡아온 어선 앞에서 선원들이 그물에 걸린 멸치를 털어내고 있다. 힘찬 어깨 동작이 불끈불끈 치솟는다. 바다가 역동적이듯 어촌의 사람들 역시 역동적이다.

　바다를 보며 살아간다는 건 진정 사랑하는 사람과 오래 살면 닮아가는 이치와 같다. 속으로 숱한 생명을 키우면서도 아

무렇지 않게 묵묵히 제 할 일만 하는 바다의 엄격함처럼 그을린 얼굴에서 다부진 생명력이 느껴진다.

다양한 생선들이 말라가며 손님을 기다리고 있다. 어촌의 또 하나의 정겨운 모습이다. 멸치잡이가 한창이어서인지 각 점포마다 흰 말통을 쌓아놓고 있다. 멸치젓갈을 담그려고 오는 손님에게 멸치와 소금을 알맞게 재워 한통씩 들고 갈 수 있도록 해준다. 멸치액젓이야 말로 우리의 식생활에 얼마나 중요한 재료인가. 김치도 담가먹고 국에도 넣고 찌개에도 넣으며 간을 보조해 준다.

요즘 들어와서는 고기 구워 먹는 식당에서 맛있는 멸치액젓에 매운 청량고추를 송송 썰어 넣어 구운 고기를 찍어 먹게도 하는데 그 개운한 맛이 일품이다.

싱싱한 건어물을 보고 그냥 지나칠 수는 없다. 좋아하는 가자미와 민어조기를 샀다. 점심으로 멸치회 정식을 시키니 매콤한 멸치찌개가 일품이다. 매년 이맘때쯤에 대변항에 오면 꼭 먹어야 하는 음식이다.

이제 등대로 발걸음을 옮긴다.

대변항의 배가 정박해 있는 너머로 오른쪽으로 흰색의 학

리항 방파제 서단등대가, 왼쪽으로 빨간색의 월드컵등대가
바다를 밝히고 있다.

빨간색 등대 중간에
축구공으로 몸체를 받
치고 있어 멋진 위용을
자랑한다.

등대 앞으로는 당시
16강 나라가 사용했던
축구공이 일렬로 서 있
어 볼거리를 더하고 있
다. 축구공의 디자인이
참 섬세하다는 느낌과 더불어 각 나라가 애정이 담긴 공을 만
들어내느라 신경을 썼구나 하는 생각이 들게 한다.

가끔 각 나라의 치열한 승부를 겨루는 축구나 야구 등의 경
기나 올림픽이 열린다든지 주요 경기가 있을 때마다 시청 앞
에 빨간 티셔츠를 입고 목청껏 소리치며 응원으로 모두가 하
나된 모습은 애국심을 얼마나 힘껏 북돋우게 했는가. 지친 일
상에 축 처져있을 때, 우리는 스포츠를 통하여 잠재해 두었던

에너지를 쏟아냄으로써 침체되었던 활력을 얻기도 한다. 경기에 모든 것을 쏟아내며 죽을 것 같은 각오로 스포츠에 임하는 선수들을 보며 나도 모르게 얼마나 내 삶에 힘이 불끈 쥐어졌었던가.

등대 아래 가지런히 놓인 두 대의 자전거가 정답다. 잠시 바쁜 숨을 고르는가 보다.

대변항의 봄은 힘차다. 우리의 삶에 생동력을 지펴보자. 천천히 항구를 걸으며 묵묵히 글을 써 온 나에게도 박수를 보냈다.

대변항 일대는 해파랑길 2코스에 해당한다.

채근담에 하늘과 땅은 고요하지만 그 활동을 잠시도 멈추지 않으며, 해와 달은 밤낮으로 달리고 있지만 그 빛은 옛날이나 지금이나 변함이 없다고 했다. 그랬다. 태양도 바다도 저렇게 무심한 듯 보이지만 너무도 열일을 하는 중이다. 바다에 기대어 사는 사람들 또한 역동적으로 열일을 하며 살고 있다.

마음의 본체가 밝으면 어두운 방안에서도 푸른 하늘이 있고, 마음이 어두우면 환한 대낮에도 도깨비가 나타난다고 했다.

힘든 마음으로 움츠려 든 사람들이여 작은 항구를 걸어보
자. 온몸을 다 바쳐 열일을 하는 자연과 그 자연에 기대어 살
아가는 사람들의 용트림을 보며 힘을 내 봄은 어떤가.

영화와 놀다

     가끔 내가 즐겨 가는 곳이 영도 흰여울 문화마을이다. 그곳에 작은 카페에 앉아 묘박지를 내려다보며 에스프레소를 마시는 일은 내게 있어서는 삶의 여백을 늘리는 일이다.

  그곳에 앉아 바다를 내려다보면 현기증이 나도록 반짝이는 윤슬을 볼 수 있다. 크고 작은 배들이 움직이지 않고 있기에 정지된 듯한 바다는 윤슬이 빚어내는 빛들로 보석이 된다.

이렇게 조용히 머물고 앉아 늘 커다란 숙제인 사랑에 대하여, 이해에 대하여, 기쁨들에 대하여, 용서와 화해에 대하여 등을 생각하며 '쉼'의 시간을 가지며 나의 삶을 재정비해 본다.

묘·박·지!

그 너른 바다가 은빛으로 끊임없이 반사되고 있다. 마치 인다라망처럼 퍼져나가고 있는 것이다.

제석천이 머무는 궁전 위에 끝없이 펼쳐진 그물. 사방으로 끝없는 이 그물의 그물코에는 보배구슬이 달려있고 어느 한 구슬은 다른 모든 구슬을 비추고, 그 모든 구슬은 동시에 다른 모든 구슬에 비춰지며, 나아가 그 구슬에 비춰진 다른 모든 구슬의 영상이 다시 다른 모든 구슬에 거듭 비춰지며 이러한 관계가 끝없이 중중무진으로 펼쳐지는 세계가 인다라망이다. 오늘도 인다라망의 그물코에 걸려있는 나를 여기에 머물게 한다.

흰여울 문화마을에 가면 늘 생각나는 영화가 있다. 배우 송광호 주연의 '변호인'이다. 관객 동원 천만이 넘어선 영화이다. 2019년 영화 '기생충'의 주연으로 한국 영화를 빛냈던 그는 영화 '변호인'에서도 빛을 바랬다. 그는 부산 출신의 배우이기도 하다.

영화 '변호인'은 고 노무현 대통령을 소재로 한 실화에 바탕을 두고 있다. 상고 출신으로 변호사가 되기 전 건축 노동자로 일하며 영도의 한 아파트를 짓게 된다. 너무 가난하여 그 아파트를 지으며 9층 집의 벽에 돈을 벌어서 꼭 그 아파트에 살 것이라는 다짐을 했다. 배가 고파서 자주 가던 국밥집에서 국밥 한 그릇을 시켜 먹고는 돈을 지불하지 않고 도망을 가버

리기도 한다. 이렇게 일용
노무자로 산다는 건 미래
의 비전이 없다고 자신을
일깨우며 독학으로 사법고
시를 준비하여 합격한다.
전무후무한 상고 출신의
변호사인 것이다. 처음 변
호사가 되자 격이 낮아 다
른 변호사들이 하지 않는

일들을 그는 다른 변호사들의 비아냥도 무시하며 돈을 벌기
위해 닥치는 대로 일을 한다. 그리고 돈이 조금 모이자 돈을
떼먹고 도망갔던 국밥집으로 가족들을 데리고 봉투에 돈을
두둑히 넣어 찾아간다.

국밥을 시켜 먹으며 주인 아주머니에게 그날 도망간 사람
이라 고백하며 감사의 봉투를 건넨다. 그 때 주인 아주머니가
이렇게 말을 한다.

"먹고 떼먹은 돈은 돈으로 갚은 것이 아니여, 마음으로 갚
는 거지……."하며 한사코 받지 않는다. 얼마 후 국밥집 아주

머니의 아들이 부림사건에 휘말리게 된다. 당시 부산대 일학년에 재학 중이던 아들이 밤에 여직공들에게 공부를 가르치고 있었는데 간첩 사건으로 몰아가기에 정권의 아주 좋은 먹이가 되었다. 국밥집 아주머니는 변호사에게 찾아와 무릎을 꿇으며 눈물로 사정을 한다. 아들을 찾아달라고. 그 모습을 차마 외면할 수가 없어 뛰어들게 되는 것이 그가 인권변호사의 길을 걷게 되는 계기가 된다. 내 마음에 크게 울림을 주었던 부분은 최후 공판 때에 그를 비웃었던 부산의 변호사들이 그를 돕기 위하여 서명을 하는 장면이다. 당시 부산의 변호사 수는 총 142명이었는데 그날 법정에 서명하고 참석한 변호사의 숫자가 99명이었다. 판사가 한사람씩 서명자의 이름을 부를 때 "예, 여기 있습니다!"하며 손을 드는 장면에서는 눈물이 쏟아졌다.

이 땅의 민주화를 일구는데 얼마나 많은 이들이 기여를 했던가. 비록 직접 최루탄을 맞아가며 길거리로 뛰쳐나오지 않았다 하더라도 이 사회의 정의를 위한 사람들의 고단했던 마음을, 묵묵히 자신의 할 일을 해낸 사람들의 아름다운 행동들을 어떻게 잊을 수 있겠는가.

나의 대학시절 일 년 동안 대학교 정문은 잠겨 있었다. 연일 시청 앞으로 학생들은 뛰쳐갔다 헤쳐 모였다 하며 자신들을 불살랐다. 수업은 리포트로 대체되었다. 그러나 아무도 등록금을 되돌려 달라 하지 않았다. 그건 학교 수업 이상의 몫이었기 때문이다. 그 때 깨달았다. 돌멩이를 손에 쥔 권력과 정당치 못한 권리란 내려놓아야 한다는 것을.

　나는 나의 마음이 더욱 가난해질 때 인다라망의 그물코에 걸려 있는 나의 보석이 빛나는 보석이 될 수 있을 것임을 안다. 맑고 고운 빛이 흐르고 있는 저 묘박지의 바다를 본다. 한편의 영화예술을 여기서 다시 만난다. 영화 변호인의 실제 장소이자 무대가 여기인 것이다. 또 다른 영화 '범죄와의 전쟁'도 여기서 촬영을 했다. 흰여울 문화마을은 예전의 어둡고 칙칙했던 모습을 걷고 이제는 카페와 옛 추억이 공존하는 걷고 싶은 장소가 되었다.

　살아가면서 우리는 다른 사람들에게 알게 모르게 얼마나 많은 빚을 지며 살아가는가. 그 빚을 사심 없는 마음으로 갚고 있는 것일까. 국밥집 아주머니의 마음이 깊은 여운으로 남는다.

영화는 말하고 있다.

'우리는 모두 빚을 지고 살아간다는 걸 잊지 마세요. 그리고 사랑을 잊지 마세요' 라고.

여백 속에 침묵이

　　이십일 세기의 이 시점에 내가 살고 있는 것이 참 감사하다고 여기는 것 중의 하나가 통도사 서운암 성파 큰스님과 동시대에 살고 있다는 것이다.

　통도사 서운암의 성파 큰 스님을 친견할 때마다 느끼는 것은 바로 여백이다. 그 분의 예술과 문화에 대한 식견은 상상을 초월하는 그 이상이라서 그 끝이 어딘가 궁금해질 때가 많다. 팔만대장경을 도자 16만경으로 완성하여 장경각을 짓는 과정이라던지, 한국화와 철기, 우리 고유의 염색을 복원하기 위하여 일본과 중국을 오가며 동분서주한 점 등 지극히 한국적인 것들을 복원하려는 노력을 듣노라면 저절로 고개가 숙여지지 않을 수 없다. 그분을 친견할 때마다 정신의 뿌리가 곧추세워지는 느낌을 받는다. 또한 우리의 민화를 모으고 그것을 재생하는 작업을 하고 계시는 것을 보았다. 큰스님의 민화는 힘이 느껴진다. 유려하지만 강한 선은 매력적이다. 그분의 신념과 사유의 깊이는 가늠할 수 없지만 많은 일에도 불구하고 뵐 때마다 여백이 느껴지는 것은 어쩐 일인가를 늘 생각한다.

그건 바쁜 가운데 가지는 여유와는 다르다. 정신의 올곧음, 하늘을 향해 큰 바람이 노니는 듯한 맑음과 유순함이 흐르는 기운, 큰 사랑에서 오는 것이 아닌가 생각되어진다. 친견하러 갈 때 바쁘신 시간을 빼앗는 것이 아닌가 송구한 마음이 들다가도 돌아올 때는 편하고 정스런 마음의 그림자가 뒤따라오는 따뜻함을 느끼게 한다.

그림 속의 여백은 그림을 오래 바라보게 하는 힘이 있다. 예를 들면 이철수 판화 속의 여백이다. 판화의 그림은 상하좌우 어느 쪽에 아주 간결하게 있고 몇마디 말과 함께 비어있는 공간이 대부분이다. 그런데도 오랜 여운이 남는다.

문학 또한 모든 문장 속에 여백이 있어야 한다. 간단한 이야기든지 긴 이야기든지 간결한 문장 안에 긴 여운을 지닌 글을 쓰고 싶다. 내가 선택한 장르는 수필이기에 자칫하면 그저 그런 일상의 이야기를 늘어놓는 글이 될까 늘 염려가 된다. 진솔한 이야기이되 그 향기가 오래가는 이야기를 써야지. 그러나 그 무엇보다 문학 속에서 내가 행복해야지 생각한다. 그런데 이론적으로 알면서도 쉽지가 않다. 마음에 욕심을 담듯 글에도 많은 것을 담으려는 피로함을 느낀다.

늦가을 마라도에 갔을 때이다. 큰 나무 한그루 보이지 않았다.

노랗게 벌거벗은 억새들만이 춤을 추고 서 있다. 사람에게 인사하는 것은 거센 바람뿐이다. 사람들도 바람에게 인사하지 않는 이가 없다. 세찬 바람에 몸을 앞으로 기울여 고개를 숙여야 중심을 잃지 않을 정도이니 말이다. 우리나라 최남단 섬 마라도는 결코 호락호락하지 않다. 사람은 많지 않아도 의연한 바람이 이곳을 굳건히 지키고 있기 때문이다. 안내판 오른편으로 돌아 해녀 동상이 서 있고 오른쪽 길로 음식점들이 들어서 있다. 좀 더 앞으로 걸어가니 오른편 바닷가로 가파초등학교 마라분교장이 나온다. 학생들이 몇 명 되지 않지만 그래도 학교가 존재한다. 그래서 우리나라임이 틀림없다.

마라분교장 앞으로 넓은 운동장 같은 들판이 펼쳐진다. 그 끝에 서양식으로 지은 정자가 보인다. 그 정자에 가서 보면 바다가 끝없이 출렁거리며 걸음을 멈추게 한다. 잠시 서서 웅장한 바다의 끝없는 품 안에 빠져든다.

정자에서 바라보니 해안 끝 바위 위에 남녀가 손을 잡고 바다를 향해 서 있다. 머리를 맞댄 둘의 모습이 기도하는 자세였다. 두 사람은 무슨 기도를 올리고 있는 것일까. 한 폭의 그림을 바라보는 듯하다.

그 앞쪽으로 바다를 향하여 최남단비가 서 있다.

더 이상 갈 곳이 없다. 나의 조국 맨 아래에는 작은 섬이 마침표를 찍고 있고, 그 섬은 너울너울 정신을 놓고 돌아다니기에 안성맞춤이었다. 걸리적거리는 그 무엇이 하나도 없다. 산뜻하다 못해 시원하다. 무언가 마침표를 찍어야할 일이 있다면 마라도에 가보라고 권하고 싶다.

섬을 따라 굽이 돌아가는 길에는 계속 억새와 바람이 따라오며 발걸음을 붙잡고 늘어진다. 차마 떨치지 못하여 발걸음을 멈춘다.

그 황량함이 좋다. 얼마나 바람이 사납게 다가오는지 억새가 모두 한 방향으로 누웠다. 마라도는 이 거센 바람을 이길 수가 없어 나무가 자라지 못한다. 그나마 바닷가쪽에 일미터쯤 되는 작은 나무 한 그루가 기역자로 휘어져 쓰러질 듯 넘어질 듯 겨우 서 있다.

바람 때문에 앞으로 걸어가기 힘들다. 바람은 머리를 하늘로 솟게 하고 머플러를 풀었다 매었다 야단스럽게 가지고 논다. 바람은 사람들이 걷는 길을 얼마나 쓸어 놓았는지 먼지 하나 작은 흙 돌멩이 하나 없이 깨끗하다. 바람의 신神이 와서 머무르려나 사방에서 분주하다. 바람이 칼날을 곤두세워 피곤함을 잘라가 버린다.

이 빈 벌판에 서서 빈 마음으로 끝없는 바다를 바라본다.

몇 걸음 걷는데 바위하나 누워 있다.

갑자기 천양희 시인의 시 "침묵"이 기억났다.

/저 바위가 슬프다고 울기나 합니까. 기쁘다고 웃기나 하겠습니까.
나는 키 큰 소나무 밑에 엎드려 한참을 일어서지 않았습니다./

한동안 주저앉아 있었다.

저 깨끗한 바람이 나의 번잡함을 모두 날렸다.

보이는 것은 푸른 바다와 분신만 남은 억새들, 나무 한그루 그리고 나를 세차게 흔들며 달려가는 바람뿐이다.

여백을 남기는 법을 조금씩 알아가고 있나보다.

'옴'의 미소

— 반야암 감로탱화

　삶의 그루터기, 그 맨 마지막은 '사랑'이라고 감히 말하고 싶다. 이 말은 '사람'이라는 말로도 대신할 수 있을 것 같다. 결국 사람이라는 것을, 그 사이의 사랑이란 얼마나 가슴 저리도록 아름다운 것인가.

　이런 의미에서 지금까지 내가 읽은 가장 아름다운 서적은 헤르만헷세의 〈싯다르타〉이다. 부처의 미소를 완벽히 이해하게 만들었기 때문에 삶의 지침서로 삼고 있다. 그렇기에 세계 명작 중의 명작으로 꼽히고 있는 이유일 것이다.

〈싯다르타〉를 읽었을 때의 전율을 통도사 반야암에서 만날 수 있었다.

반야암은 초여름 신록 아래서 더욱 아름다운 자태를 드러내고 있었다. 작은 계곡 옆의 주차장은 물소리가 먼저 반겨주었다. 연초록이 어우러진 숲속 사이에 아무라도 편안히 앉아 사색하며 쉴 수 있는 정자엔 약간의 책자며 차를 즐길 수 있는 차반이 준비되어 있었다. 참으로 '수행도량'다운 암자라는 생각이 들었다.

반야암 오르는 정원에는 배롱나무가 눈웃음을 띤 채 작은 들꽃들과 더불어 살아가고 있다. 정원의 잔디밭에 발자국 모양의 돌들이 경내로 오르는 돌계단 앞까지 안내를 한다. 낮고 평평한 돌로 만들어진 계단은 천천히 오르라고 단정하게 말을 건다. 그 앞에 잠시 서서 주위를 둘러본다. 마치 영축산의 큰 기운 속에 폭 안겨 있는 포근한 느낌이다. 그만큼 영축산의 큰 바위가 아주 가까이 영험한 기운으로 딱 버티고 서서 지켜보고 있었다.

아, 이곳의 느낌은 왜 다르지……

반야암 경내로 들어섰다. 삼배를 올리고 가만히 앉아 마음 속의 말을 건넨다. 수많은 삶의 이야기들을. 천천히 일어나 오른편 탱화를 먼저 본다. 신중탱화이다. 아홉 분의 금강金剛, 네 분의 보살菩薩, 여섯 분의 천왕天王, 그 외 성군과 신, 동자 동녀까지 모두 오십이 분의 모습이 그려져 있다.

좌측편의 탱화로 자리를 옮겨 본다. 이 탱화를 접하는 순간 한 발자국도 떼지 못하고 발이 굳어 버렸다. 왜냐하면 석가모 니의 미소를 여기서 보았기 때문이다. 이 그림엔 석가모니가 보이지 않는다. 그림 너머에 앉아 계셨기 때문이다. 나도 모 르게 눈물이 솟았다.

언제나 그랬다. 한편의 좋은 글을 만날 때면 글이 흐르고 있는 강을 건너야 했다. 감동스런 그림을 만났을 때도 그 감 동은 그림 너머에 흐르는 강을 보아야 했다.

이 탱화의 제목은 '감로甘露탱화'이다.

중생들에게 감로와 같은 법문을 베풀어 천도시킨다는 뜻이 다. '甘露' 즉 달 '甘'에 이슬 '로' 혹은 은혜 베풀 '露'란 뜻이다.

그림을 찬찬히 들여다본다. 이 그림의 내용은 석가 세존의 제자 목련존자가 육도六道의 아귀도餓鬼道에서 먹지 못하는 고통에 빠진 모친을 구하기 위해 부처님께 그 방법을 듣고 해답을 묻고 해답을 듣는 장면을 도상으로 표현한 것에서 유래되었다고 한다. 상단의 중심에는 합장한 칠여래七如來가 나란히 배치되어 있는데 신광이 그들 모두를 비추고 있다. 상단 좌측에는 번幡을 들고 있는 인로왕보살과 석장을 쥐고 있는 지장보살, 그 권속들인 도명존자와 무독귀왕 권속들이 구름을 타고 하강하고 있다. 상단 우측엔 구름 위에 올라 강림하고 있는 아미타삼존과 권속들의 모습이 그려져 있다. 중앙에는 커다란 제물 공양구와 대현향로, 아주 큰 청화백자 꽃병, 석주를 연결하는 긴 줄에는 삼신불번이 있다. 제단 앞에는 상복을 입고 있는 상주들의 모습, 공양미를 머리에 이고 가는 행렬을 볼 수 있다. 좌측에는 의식을 거행하는 승려들의 모습이 표현되어 있는데 천막 안에서 경전을 펼쳐 놓은 채 독송하는 승려들이 앉아있고, 그 앞엔 작법승들에 의한 법패가 이루어지고 있다. 바라와 징, 태평소 등을 연주하는 모습과 승무를 추는 승려의 모습도 보인다. 특히 중앙 제단 바닥에 전돌이 깔려 있어 큰 사찰의 중정을 연상시킨다.

하단에는 두 아귀를 중심으로 좌우에 다양한 장면들이 그려져 있는데 풍속, 위난, 지옥 등의 다양한 군상들의 모습을 볼 수 있어 흥미롭다.

두 아귀는 모두 합장을 하고 한쪽 무릎을 꿇은 채 서로를 마주보고 있다. 아래 주변으로는 좌측으로부터 집을 짓다가 무너지는 장면, 농사짓는 모습, 장사하는 모습 등이 그려 있다. 우측으로부터는 포졸에게 곤장 맞는 모습, 강가에서 여인네들을 희롱하는 남정네들의 모습, 대장간 풍경, 바둑 두는 모습, 잔치가 벌어져 광대가 줄타는 모습 등의 풍속이 함께하고 있다. 그야말로 인생의 희노애락이 이 그림 안에 다 들어가 있는 것이다.

천상과 지하의 모습과 세속의 모습이 한 공간 안에 어우러져 있는 그림, 얼마나 멋진가.

헤르만헷세는 문학가이면서도 철학자이다. 그의 모든 소설의 바탕에는 철학이 숨어 있다. 소설〈싯다르타〉에서 싯다르타가 만난 유일한 친구이자 그리움이었던 고빈다가 늙어서 그를 만난 후 이렇게 고백을 한다.

'모든 형상들과 얼굴들이 각각 서로서로 도우면서, 서로서로 사랑하면서, 서로서로 미워하면서, 서로서로 파멸시키면서, 서로서로 새로운 생명체를 잉태시키면서 서로 간에 수천 가지의 관계를 맺고 있는 것을 보았다. 그 형상들과 얼굴들 하나하나가 모두 다 일종의 죽음에의 의지였으며 덧없음에 대한 심히 고통스러운 고백이었다. 하지만 그 어느 것도 죽은 것이 아니었다. 단지 모습만 바꾸었을 뿐이며 새롭게 태어났으며 새로운 모습이었다. 이 모든 형상들은 멈추어 서기도 하고 흘러가기도 하고 새로 만들어지기도 하고 떠내려가기도 하다가 마침내 서로 뒤섞여 하나가 되어 도도히 흘러가고 있었다.'

고빈다가 보았던 싯다르타의 미소는 참으로 석가모니의 미소와 똑 닮은 미소였던 것이다. 모든 것은 사람으로부터 시작되었으며 사랑만이 석가모니의 미소를 가능하게 해주었던 것이다. 자비심은 여기에서 시작되어 빛으로 반사되고 굴절되기도 하면서 끊임없이 거듭나고 있는 것이었다.

감로 탱화를 바라보면서 이 그림 저편에 석가모니의 미소가 자비심으로 온 세상을 비추고 있다는 생각에 주위가 환해졌다.

이 탱화 속 어딘가를 나의 발걸음은 오늘도 걸어가고 있을 것이다. 어디쯤을 걷고 있는 것일까. 무너진 담벼락 사이도 걸어보았을 것이고, 잔칫집 광대를 바라보며 박수도 쳤을 것이며, 곤장을 맞는 사람을 안타까운 눈으로 바라도 보았을 것이다. 어떤 모습이었던지 그곳은 바람도 불고 강둑이 있어 흐르는 물을 바라보기도 했을 것이다. 그리운 이를 만나러 나서기도 했을 것이고, 때론 안개 가득한 물길이 얼마나 위험한지 알지도 못하면서 발길을 내딛기도 했을 것이다.

구름 위에 뜬 달과 별은 보면서 그 너머에 있는 석가모니의 눈길은 눈치 채지 못했을 것이다. 하나의 길로 걸어왔다지만

부처님 보시기에 나는 얼마나 비틀거리며 수많은 길을 걸어
온 것일까.

반야암을 나오며 자꾸 뒤를 돌아보았다. 경전에 모셔두기
에 아깝다는 생각이 들었다. 더 많은 중생들이 이 탱화를 보
면서 석가모니의 미소를 마침내 찾기를 기원했다.

반야암 계곡에 발을 씻었다.

뽀드득 씻고 또 씻으며 마음을 헹군다.

---

* '옴': 완전한 것이나 완성을 뜻하는 성스런 단어로 모든 바라문들이 기도
를 시작하는 말이자 마치는 말.

가끔 침묵에 눈 뜬 자이고 싶다

– 통도사에서 만난 세 번째 탱화이야기

비가 살포시 내리고 있다. 안개가 서린 영축산은 더욱 신비롭다. 계곡 물길을 오르며 걷다가 축축한 더위에 단팥죽 한 그릇을 맛있게 먹었다. 천천히 일주문을 지나 천왕문에 몸을 씻고 나오니 극락전이다. 마음이 한껏 즐거워졌다. 내가 있는 곳이 극락전 앞이 아닌가. 극락전 우측으로 영산전으로 마음이 이끌린다. 영산은 영축산의 준말로 붓다가 가장 오래 머물면서 제자들에게 가르침을 전하던 곳인데 이 영산을 이 땅에 재현한 것이 영산전이라 한다.

　영산전에 들어서며 나의 눈은 탱화 팔상도(보물 제1041호)에 매료되었다. 그 색채의 유려함과 아름다움으로 전율했다. 또한 석가모니께서 이 순간 강림하신 듯 눈 앞에 그 분의 일생이 나를 휘감았다. 찬찬히 오래도록 그림을 바라보았다. 녹색의 색채가 어찌나 수만 가지로 나타나는지 부처님 생애의 그 푸르름이 저리도 간곡하고 곡절이 많은 유연함으로 표현될 수 있을까 탄복하며 발걸음을 무겁게 움직였다.

　팔상도 하나하나를 마주할 때마다 나도 모르게 부처님의 생애를 그린 영화 〈싯달타〉를 떠올리게 되니 탱화는 더욱 강렬해졌다. 석가모니 불상 가까운 쪽으로부터 팔상도는 시작된다.

　첫 번째 탱화는 '도솔래의상'으로 도솔천에서 내려오심이다. 석가모니가 도솔천에서 흰 코끼리를 타고 사바세계로 내려오는 장면이다. 그림 맨 앞쪽 오른쪽으로 푸르고 멋드러진 큰 소나무가 중심을 잡아주고 있다. 마치 석가모니의 기상을 은유하듯 기운차다.

두 번째 그림으로 발걸음을 옮긴다. '비람강생상' 룸비니에서 탄생하심이다. 석가모니가 룸비니공원에서 마야부인의 옆구리를 통해 태어나신 장면이다. 나의 머릿속엔 처음 태어나실 때의 장면들이 이미지가 되어 날아오른다. 아버지 수도다나왕과 마야부인 사이에서 잉태되어 행차 중 마야왕비가 숲에서 아이를 낳게 되었는데 숲의 나무들이 줄기를 구부려 마야부인의 잉태를 도왔다. 아이는 태어나자마자 걸었는데 일곱 걸음을 걸을 때마다 연꽃이 피어났다. 수도다나왕은 아기의 이름을 싯달타로 지었다, '선을 가진 사람'이란 뜻이다. 탱화 속 수많은 사람들의 얼굴 방향이 제각각이다. 아마도 놀라움과 기쁨으로 술렁거리지 않았나 싶다.

세 번째 그림을 본다. '사문유관상'이다. 동서남북 사방을 유관하심이다. 태자가 성문 밖의 중생들의 고통을 관찰하고 인생무상을 느끼는 장면이다. 수도다나왕은 왕자가 좋은 환경에서 아무런 고통이나 근심 없이 살기만을 바래어 좋다는 온갖 것들로 환경을 만들어 주기를 게을리 하지 않았다. 그러던 어느 날 악사의 노래에 이끌려 걸음을 옮기다가 세상 밖의 이야기에 관심을 갖게 되었다. 처음 듣는 세상의 고통들과 번뇌와 질병들에 관하여 듣게 되자 세상을 구경하고 싶다는 욕구가 불같이 치솟았다. 세상 구경을 가려는 왕자의 마음을 왕도 꺾을 수가 없었다. 왕은 세상 구경을 할 때 인간들의 고통에 관하여 모르게 하려고 일을 꾸몄지만 왕자는 모든 것들을 보게 되었다. 결국 맞이하게 되는 죽음, 강가에서 장작불 더미 위에서 육신이 태워지는 모습까지 보았다. 육신을 태운 재가 다시 강물로 돌아갈 때 인간의 숙명적인 고통과 연민, 질병, 빈곤, 죽음과 맞닥뜨렸을 때 그는 아버지의 사랑은 감옥이었노라고 고백을 하게 된다. 탱화 중앙에 큰 소나무가 서 있다. 그런데 첫 번째 탱화에 없었던 나무 둥치에 뿌리쪽부터 깊은 상처가 나 있는 것처럼 짙은 갈색빛 커다란 이파리가 뻗어 있다. 마음이 짙은 그늘로 드리워진 상처처럼 베일 것만 같다.

네 번째 탱화를 만난다. '유성출가상'이다. 성을 넘어 출가하심이다. 싯달타는 궁에서 살 때 야소다라라는 아름다운 여인과 결혼을 하였는데 마침 중생들의 고통을 마주하고 중생들의 구도를 위하여 출가하겠다는 결심을 굳히고 궁으로 돌아왔을 때 아기가 태어나 있었다. 싯달타는 자신의 아기를 보았다. 아내와 평온하게 잠든 너무나 아름다운 모습이었다. 깊은 번민이 온 몸을 사로잡을 법도 하였으나 결심을 굽히지 않고 바로 세상의 길로 나왔다. 나의 목숨처럼 지켜야 할 그 무엇을 외면하기 위해서는 목숨보다 더 값진 그 무언가가 있을 때 가능할 것이다. 빈곤과 고통과 질병, 죽음으로부터 생의 무게에 허덕이는 사람들을 차마 외면하지 못하는 싯달타의 사랑과 자비로 일렁이는 가슴을 그 무엇으로도 막을 수 없었던 것이다. 다음 탱화로 발걸음을 옮겼다.

'설산수도상', 설산에서 수도하심이다. 설산에서 신선들과 수행하는 모습을 그린 그림이다. 싯달타는 깨달음을 얻으려 이곳저곳을 다니다 숲에서 고행을 하는 사람들을 만났다. 그들은 깨달음을 얻기 위해 고행을 하고 있었다. 싯달타는 그들과 함께 고행을 했다. 그의 고행이 어찌나 절실했던지 폭우가 쏟아지자 엄청나게 큰 뱀이 다가와 커다란 머리를 들어 싯달타의 머리 위에 우산처럼 덮어 비를 막아주었다. 이를 본 수행자들은 싯달타의 제자가 되었다. 이들은 싯달타의 첫 제자로 모두 다섯 명이었다. 5년동안 그들은 숲을 떠나지 않고 깊은 침묵 속에 살았다. 그들은 냇물을 마시며 벼이삭과 진흙

속의 고기를 먹으며 지나가는 새들이 떨어뜨리는 것들을 먹으며 수도를 했다.

여섯 번째 탱화로 걸음을 옮긴다. '수하항마상', 보리수 아래서 성도하심이다. 싯달타가 하루는 나무 아래에서 강물에 지나가는 배를 보고 있었다. 배에는 악사가 있었는데 그는 배에서 사람들을 가르치고 있었다. 그 때 악사가 하는 소리를 들었다. "줄을 너무 팽팽하게 하면 끊어지게 되고 줄을 너무 느슨하게 하면 연주를 할 수가 없다." 이 말이 싯달타를 전율케 했다. 이 말에 우매한 깨달음을 얻게 되었다. 6년 만에 일어나 자신의 수행에 진정한 깨달음을 얻은 것이다. 때마침 한 소녀가 싯달타에게 밥을 그릇에 담아 가져다 주었다. 싯달타는 그릇을 받아 밥을 먹었다. 제자들은 그가 구도를 포기했다고 여기고는 떠났다. 싯달타는 배움은 변화가 있어야 하고 깨달음의 길은 중용에 있다고 생각했다. 그는 강물에 밥그릇을 놓으며 자신이 깨달음을 얻었다면 이 밥그릇이 강물을 거슬러 올라갈 것이고 그렇지 못했다면 밥그릇이 물길을 따라 아래로 흘러갈 것이라며 밥그릇이 어디로 흘러가는지 바라보았다. 그 밥그릇은 물길을 거슬러 오르고 있었다. 그런 깨달음

뒤에 오만, 탐욕, 두려움, 무지, 욕망의 다섯 화신들이 갖가지 교활한 방법으로 싯달타를 유혹하며 괴롭혔다. 그러나 싯달타는 그것들에 흔들리지 않고 정진하며 물리쳤다. 결국 마귀군단과의 싸움에서 승리한 것이다. 싯달타는 만물의 궁극적인 실체, 즉 세상의 모든 움직임은 인과의 결과임을 깨달은 것이다. 그리고 싯달타는 '깨달은 자' 즉 '부처'라 불리게 되었다. 영화 속에서 싯달타가 교활한 마귀의 유혹에 넘어가지 않고 구도에 열중함으로써 마귀의 실체가 드러나게 되는 장면을 떠올렸다. 나의 삶을 되돌아보며 여러 가지 유혹들, 아니 정신 똑바로 차리지 않으면 어디로 흘러갔을지 모를 순간들을 떠올린다. 탱화 속에서 정 중앙에 굳건히 서 있는 소나무의 위상이 튼실하다 못해 금방이라도 살아 움직일 듯 구름처럼 살아 피어나고 있다.

일곱 번째 탱화를 바라본다. '녹원전법상'이다. 녹야원에서 설법하시는 장면이다. 여섯 번째 탱화까지 커다란 소나무가 앞쪽 중앙에 그려져 있었는데 이제 그 자리 중앙에 황금빛 탑이 그려져 있다. 빛나는 탑 주위와 그 탑 위에 앉아계신 석가모니 주위로 모든 사람들이 손을 모으고 경청하고 서 있다.

장엄하고 울림이 있는 그림이다. 세상을 살아가면서 어떤 이의 말씀에 귀를 기울이느냐에 따라 한 사람의 일생이 변화하고 올곧은 선택을 할 수 있는 힘을 지니게 된다. 나도 모르게 숙연해진다. 그리고 이 시대는 주변에 좋은 말들이 넘쳐나고 있다. 하지만 향기로운 말이 내게 스며들어 나를 선으로 이끌어 가야만이, 진정한 귀 기울임이라는 것을 다시 한번 생각하게 해준다.

여덟 번째 마지막 탱화이다. '쌍림열반상', 사라쌍수 아래서 열반하심이다. 정 중앙에 소나무가 놓여 있던 자리에 석가모니가 태어날 때 룸비니 공원에서 나무들이 몸을 굽혀 마야 왕비의 순산을 도왔던 것처럼 나무들이 양쪽에서 몸을 굽혀 움을 만들어 그 안에 석가모니가 누워 계신 모습이 보인다.

갖가지 표정으로 애도하는 사람들의 얼굴과 손으로 이마를 짚는 모습 등 탱화 속 인물들은 언제나 우리들이다. 몇백 년이 지나든 따뜻하게 흐르는 공감들과 인간들의 정서는 변함이 없다.

영산전에 들어서면 우측으로 불단 위에 석가모니께서 앉아 계시고 정면으로 탱화 팔상도가 펼쳐진다. 불단의 반대쪽인

서쪽 벽에는 '법화경', 견보탑품변상도가 그려져 있는데 상하단 포벽 48면에는 석가모니불과 관련된 것들과 고승들의 행적과 관련된 것들이 주를 이루고 있다. 영산전 내부벽화는 소의 경전과 예술적 작품성, 종교적 감수성, 시대성 등을 갖추고 있어 18세기 초 벽화의 기준자료이자 대표작품이라 할 수 있는 벽화들이다. 말하자면 보물들이 가득 담겨 있는 명소 중의 명소라 할 수 있다.

지나가던 바람이 일순 멈추며 소나기를 퍼붓는다. 그 바람에 다시 주저앉았다.

대한불교조계종에서 펴낸 『부처님의 생애』에 보면 이런 말이 나온다.

그대들이 어질고 지혜로운 동반자, 성숙한 벗을 얻는다면 어떤 난관도 극복할 수 있을 것이다. 그러나 어질고 지혜로운 동반자, 성숙한 벗을 얻지 못했거든 코뿔소의 뿔처럼 혼자서 가라. 좋은 친구를 얻는 것은 참으로 행복하다. 훌륭하거나 비슷한 친구와 함께하는 것은 참으로 행복하다. 그러나 그런

벗을 만나지 못했거든 코뿔소의 뿔처럼 혼자서 가라. 결박을 벗어난 사슴이 초원을 자유롭게 뛰놀듯, 왕이 정복한 나라를 버리고 떠나듯, 물고기가 힘찬 꼬리로 그물을 찢듯 모든 장애와 구속을 벗어나 코뿔소의 뿔처럼 혼자서 가라. 소리에 놀라지 않는 사자같이, 그물에 걸리지 않는 바람같이, 물과 진흙이 묻지 않는 연꽃같이, 코뿔소의 뿔처럼 혼자서 가라.

이는 지혜로운 동반자를 만나는 것이 얼마나 중요한가를 이야기 하고 있다. 이곳을 방문하는 많은 사람들이 지혜로운 동반자인 부처님을 진정으로 만나기를 기원해 본다.

오늘도 많은 사람들이 통도사를 찾으며 불이문으로 걸어가고 걸어 나온다. 영산전의 오래되어 살갗이 바랜 나무의 숨결을 쓰다듬듯 문지방과 마루를 손으로 쓰다듬었다. 정말 오랜만에 부처님의 일생을 머리에 그리고 가슴에 솟아오르는 그분의 발자취를 따라 걸어가 보았다. 지금 내 가슴에 내리는 비는 부처님께서 내리시는 자비의 비이다. 그리움의 비요 사랑의 비이다.

이렇게 가끔 침묵에 눈 뜬 자이고 싶다.